U0647575

启真馆 出品

炒饭物语

〔日〕土屋敦 著

丁楠 译

ZHEJIANG UNIVERSITY PRESS
浙江大学出版社

目录

1

第 2 章　　蛋液外衣的秘密

第 3 章　多放油，效果更好？

第 6 章　是谁妨碍了粒粒分明？

（第 119/129/149/157/164/178/179/192/193 页图片由万田康文摄影）

序　章　为了脱掉"废人"的头衔

腾空而起的饭粒的魔力

谈起炒饭，"粒粒分明"是绕不开的话题。我始终相信，为了实现那种清爽的口感，强劲的火力和颠锅的技艺是必不可少的。

把中式铁锅架在专业灶台上，让大量的油在锅里绕上一圈就盛出来，然后重新倒入适量的油。先放蛋液，调整一次呼吸后放入米饭，一边用铁质的中式炒勺将米饭捣碎一边快速推拉铁锅。之后放入切碎的辅料，并施展颠锅技艺让饭粒腾空而起，借此将炒饭做得粒粒分明。

我在中华料理店里或是电视上常常看到职业厨师们从容不迫的用锅技巧、厨房里高高蹿起的火焰、激烈搅动的炒勺……以及饭粒飞舞在空中的姿态。不知从何时起，我心中对粒粒分明的印象已经同这些画面紧紧连在了一起。

上中学时，一部名为《美味大挑战》的漫画在学校里风靡一时。漫画中描写"炒饭"的章节令我记忆犹新。那是一个不折不扣的关于"强火"与"颠锅"的故事。

故事的中心人物是一位无法驾驭强火和颠锅技术的性格懦弱的中华料理人。"连炒菜里最基本的炒饭都做不好的家伙，根本不配当厨师！"中华街里的大人物对他破口大骂。仿佛连其做人的资格也一并否定的攻击性言语，在我心中留下了深深的烙印。

没有彻底成为火焰的主人！

借此次写书的机会，我又把《美味大挑战》重读了一遍。原来讲的是这样一个故事。

横滨中华街的大人物、大富豪周怀德（周大人）有个名叫香玉的女儿，周大人不知自己的掌上明珠已经爱上了在家中做学徒的厨师王士秀。两人私奔后私定终身，隐姓埋名在东京浦田开了一家专营中国菜的小馆。

王士秀想把店面做大，却苦于资金不足，于是向广东同乡会（由同乡成立的华侨协会）寻求资金援助，谁知那里的会长正是周怀德本人。面对融资风波，周怀德提出举行一场"考试"，让同乡会的干事们品尝王士秀的料理，以此作为评判依据。

王士秀的厨艺可圈可点，获得了干事们的一致好评。就在考试进展顺利，同意融资的意见占据上风的时候，周怀德再次提出让王士秀"做一道炒饭"。

"啊？做炒饭？"王士秀瞪大了眼睛。与此同时，作为见证人出席的漫画主人公山冈士郎神色担忧地说道："这下糟了！"

最终做成的炒饭，周怀德只尝了一口便对王士秀破口骂道："哼，现出原形了吧！"

"完全不是粒粒分明的样子。黏黏糊糊的不是能吃的东西。"

其余干事也纷纷表示赞同，融资方案就此告吹。事已至此，山冈士郎请求周怀德再给王士秀一次机会，并附上条件，倘若王再次失败，香玉就与王分手并回到自己父母身边。

画面回到浦田王士秀的餐馆里。山冈士郎向王士秀展示了炒饭的做法，并提示他说："炒是与火焰的较量。"王士秀性格懦弱，缺乏自信，至今未能摆脱寄人篱下的秉性，在山冈看来，这才是他无法做出美味炒饭的真正原因。

"你还没有完全驾驭强劲的火焰，没有彻底成为火焰的主人！"

王士秀听后恍然大悟，自此具备了能够驾驭强火的强大精神，并在第二轮考试中凭借自己的炒饭令众干事心服口服，成功赢取了一亿五千万日元的融资，同时也让周怀德认可了自己和香玉的婚事。

而且能把米饭抛到空中。

动作比王师傅夸张得多……

在我看来，你还有完全驾驭强劲的火焰，没有彻底成为火焰的主人！

这样能除去多余的油脂，令炒饭变得粒粒分明、香气扑鼻。光是磨磨叽叽地在锅里瞎鼓捣，是做不出真正美味的炒饭的！

饭粒从锅中被抛起，在空中经过火焰正上方时，会受到明火的直接烘烤！

原、原来如此……

《美味大挑战》第四卷《明火的威力》雁屋哲・花咲アキラ / 小学馆

关于怎样才算合格的炒饭，这篇漫画中的华侨干事们是这样界定的：

"每一粒饭都不应与另一粒粘在一起。每一粒饭都应该是吸满油脂的，在此之上还要做到粒粒干爽。"

"每一粒饭都必须经火焰充分烘烤，做到粒粒喷香。"

此外，在演示炒饭的做法时，山冈士郎曾在餐馆专用的强火上用力推拉铁锅，让饭粒飞舞在空中。

"饭粒从锅中被抛起，在空中经过火焰正上方时，会受到明火的直接烘烤！这样能除去多余的油脂，令炒饭变得粒粒分明、香气扑鼻。光是磨磨叽叽地在锅里瞎鼓捣，是做不出真正美味的炒饭的！"

山冈士郎一面挥动铁锅，一面对王士秀这样说道。

做不出粒粒分明便是"废柴"

这篇名为《明火的威力》的故事收录在《美味大挑战》的第四卷里，单行本出版于 1985 年，我 16 岁的时候。当时自己曾紧追杂志 Big Comic Spirits 上的连载，所以读到这一篇应该是在单行本发行以前，大概是我上初二的时候。

而在那个正处青春期的少年心中划出印子的，正是书中"无法将炒饭做得粒粒分明的人"等于"废柴"的观念。

只因为做不出好吃的炒饭，就要全面否定一个料理人的人格及其做人的资格吗？非要说的话，是当年那个性格软弱的我（其实现在也是），在面对"做不好炒饭＝自甘堕落"这种给人扣帽子的做法时，感到无所适从。

与此同时，我感到的是无比焦虑。如果不能做出粒粒分明的炒饭，就会被骂"现出原形"，被说成是"磨磨叽叽地在锅里瞎鼓捣"。何必把话说得那么过分呢……仿佛挨骂的人是自己一样。

当年还只是个中学生的我其实没什么好焦虑的，但是在从事了多年的料理研究工作以后，青春期时埋藏于心底的焦虑逐渐变成了某种强迫观念。一定要把炒饭做到粒粒分明才行，如若不然，自己料理研究家的身份便会遭到全面否定，这便是我最真实的想法。

强迫观念水涨船高，背后自然是有缘由的。没错，时至今日我仍然无法做出令自己满意的炒饭。

不用说，漫画里描写的那种餐馆专用的强力灶台，我是没有的。由于只能使用家用炉灶，不管怎样尝试也做不出餐馆里的那种"粒粒分明"。或许根本谈不上粒粒分明吧，自己完成的炒饭时常是水兮兮、粘在一起的。

对此我一直心有余悸，生怕有朝一日被某个大人物指着鼻子说："哼，现出原形了吧！"料理研究家的生涯也将就此被画上休止符。

回想起来，自己的青春岁月正是在那些无法粒粒分明的炒饭的陪伴下度过的。我在上小学时就爱上了料理，之后的整个中学时代都经常做炒饭给自己吃，尽管如此，直到今天却是连一次也没有做到过令自己满意。"总有一天要当上火焰的主人！"这个志向一直在我心里，却始终未能实现。

自己的人生，是一路顶着山冈士郎口中的"软弱"二字走过来的。如今转眼就要迈进 50 岁的门槛，是时候克服掉轻言失败的劣根性，倾尽全力做出真正美味的炒饭了！

就算分得清，也搞不定

"分清就能看清。"我在"日经典藏系列"的上一本书《书房里的意大利面哲学家》中曾这样写道。书中我将意面分为麸质类和淀粉类，在不同情况下选用浓度不同的盐水和各种不同的煮法。实际进行分门别类后，眼前的景象豁然开朗。然而，这种分类法在炒饭上却是不适用的，这让我尝到了穷途末路的滋味。

首先一点，"炒"不像"煮"那样单纯。水沸后其中的任何一滴都是同样的 100 度，因此实验起来相对容易。炒就不同了，灶眼和锅之间的距离、锅的材质和厚度、灶台的火力、食材的状态，由于这些客观因素的存在，温度时刻发生着变化，

"同等条件下"便成了一个相对不容易实现的实验条件。

人为的部分同样不好把握。就拿炒勺上的动作来说吧，即使想要每次都炒得一样，实际操作时的随机性也不可避免。理所当然地，传递给饭粒和鸡蛋的热量也是回回不同。米饭、鸡蛋、油，这三者间相辅相成的效果会因此而改变，最终带来不一样的味道和口感。如此做成的两份炒饭摆在面前，"自己当真可以给出中肯的评价吗？"我不禁烦恼起来。

任何因素的变化都会造成连锁反应，仿佛生态系统一般互相牵连和相互影响，自己便是要在这样的环境中，最终完成一道在视觉和味觉上都令人赞不绝口的炒饭。一个包裹在热气腾腾的炒饭中的生态系统，不禁使我联想到了丛林。一个存在于中式铁锅中的炽热世界，浑然一体，又瞬息万变。

本书的目标在于完成一道极其朴素的炒饭，因此食材仅为油、米饭、鸡蛋和大葱。关联要素变少了，分析起来也相对简单。然而实际操作时却发现，状况复杂，烦琐不堪，令人烦恼不已。

变数繁多，相互影响，这也加大了对比试吃的难度。

由于无法同时完成两种炒饭，也就无法在两盘炒饭都是刚出锅的状态下进行试吃对比。做炒饭的过程需要我们专心致志，不能像做意面和汉堡时那样，同时做出不一样的两份。这样一来，曾在《书房里的意大利面哲学家》和《终极美味汉堡》(『男のハンバーグ道』)中使用过的双盲试吃法就行不

8

通了。

于是只好连炒两锅，好歹做出了两种不相同，但具备可比性的炒饭。然而，曾在前两本书中表现不凡的我的孩子们，这次却显得不那么可靠了。正在读小学高年级、处于生长发育期的女儿基本上只会说"两种都很好吃！"，而已经升上初中的儿子的态度又总是"两边都很一般嘛！"（话虽如此，却又会问"还有没有"，要求再添一碗），所以都无法成为参考依据。

出于上述原因，在本书中我将主要依靠自己的味觉，抱着七上八下的心情，对炒饭做出主观评判。

寻找可以在丛林中大显身手的道具

在反反复复的尝试与失败中，这本书的截稿日期也一拖再拖。在连续两年推出《书房里的意大利面哲学家》和《终极美味汉堡》后，"世界最长的菜谱"系列的第三本书久久未能问世的原因就在于此。

其实在"纷繁复杂"的炒饭面前，我曾一度心生怯意，险些放弃了这本书的出版。但是，"只要向前走，问题或许能迎刃而解呢！"全凭着这样一腔悲壮的乐观主义，最终我还是回到了这片炽热的炒饭丛林中（毫无疑问，这还要归功于对拖稿抱怨连天的这本书的编辑，感谢他始终站在止步不前的我的身后，用坚定的眼神在心中默念：差不多是时候向丛林冲锋了吧——）。

话虽如此，赤手空拳地踏入丛林是有勇无谋的行为。在展开这趟冒险之前，至少要准备好丛林求生所必需的道具。本书的前五章，讲述的全是寻找这些道具的旅程。我将利用这一过程，层层揭开"粒粒分明"背后的秘密。

而在随后的第六章中，我将善加利用这些得之不易的道具，尽全力做出自己理想中的炒饭。

实验、失败、记录、再实验，我一边重复着这一过程一边缓缓前进。可是，直到这本书即将收尾的时候，我仍然没有得出一个明确的答案。"这本书搞不好会流产吧？"我越发焦虑起来（焦虑似乎已经成了我的常态）。

然而就在焦虑达到顶峰的时候，我获得了一项意外的发现，找到了用厨房里的贫弱火力也能做到"粒粒分明"的秘诀。30多年前山冈士郎曾对我怒目而视，而如今我终能一雪前耻，脱胎换骨成为一个"可以把炒饭做得粒粒分明的人"。本书便是对这一过程的粗略记述。

第 1 章

家用炉灶无法指望？

"火焰料理人"的诅咒

在《美味大挑战》中，周怀德（周大人）不仅是中华街的大人物，同时也是技艺高超的中国菜大厨。据说其原型取自20世纪90年代在综艺节目中颇受欢迎的、人称"火焰料理人"的周富德。

《美味大挑战》中关于炒饭的各种理念，似乎也是受到了他的影响。例如在1994年发行的周富德的《炒饭人生论》（PHP研究所）中，我们可以找到这样的文字：

"做炒菜，是一场与熊熊火焰的搏斗。从中显现出的，是料理人强大的内心。"

"操纵强有力的火焰，令食材与铁锅一并腾空而起。支撑起'炒'这种烹饪技法的，是料理人的气魄与胆识。"

同一时期，周富德还在电视节目《浅草桥 Young 洋品店》中闪亮登场，与金万福、谭彦彬等人展开了一场名为"中华大战争"的料理对决。借助强大火力让锅中饭粒飞舞于空中，做出粒粒分明的"终极炒饭"的周富德的英姿，深深地印在了广大日本观众的记忆里。

从那时起，说到炒饭就少不了强火、颠锅和粒粒分明，仿佛这种观念已遍及日本全土。

可是，强劲的火力当真必不可少吗？贫弱的火力就一定做不出粒粒分明的炒饭吗？如果事实如此，其背后的原因又是什么呢？在这一章中，我想首先验证一下强火之于炒饭的必要性。

"少了餐馆里的强大火力，不可能做出粒粒分明的炒饭。"有时我们甚至可以听到这样的言论。如果此话当真，那么毫无疑问，在家里做出美味的炒饭这件事就到此为止了。不过我相信这世上一定存在着某种秘诀，让家用炉灶也能做出好吃的炒饭，而将它挖掘出来正是"世界最长的菜谱"这一系列丛书的使命。

怎样才算"粒粒分明"

本书的研究对象是鸡蛋炒饭，即只使用鸡蛋、大葱和米饭做成的炒饭。而我们的目标便是找到一种烹饪方法，把这种最朴素的炒饭味道发挥到极致。

朴素的料理往往更能体现出烹饪的精髓。在《书房里的意大利面哲学家》中，我会选择去研究只使用大蒜、辣椒粉、橄榄油和食盐做成的最朴素的酸辣意大利面，也是出于同样的道理。

回到炒饭的话题。一直以来我都在毫不犹豫地使用"粒粒分明"这个词。不光是我，在绝大多数人看来，一盘炒饭是否粒粒分明，是判断其是否好吃的重要标准。

那么，粒粒分明究竟是指怎样的一种状态呢？

从字面上理解，粒粒分明应该是指饭粒之间互不相连的状态。不过，即使饭粒互不相连，如果每一粒米都吸满了水分，那也无法叫作"粒粒分明"。反之，如果饭粒因失水过多而干瘪，这种状态同样不合要求。水分适中、互不相连的状态才是粒粒分明。

之所以说粒粒分明离不开强火，大概就是因为强劲的火力能够蒸发掉饭粒中的水分，从而降低其含水量吧。

所以才会有"如果少了餐馆里的强火……"这一类说法。的确，家用炉灶的火力远不及餐馆里的强劲，这是不争的事实，然而问题并不出在这里。"家用炉灶是否具备足以实现粒粒分明的火力呢？"这才是问题所在。

为此我决定进行一项实验，检测家用炉灶能够达到的最高温度。

最高可达 420 度

我把平时使用的直径 27 厘米的铁锅架在灶台上，点火后将旋钮拧至最大。

新型的煤气灶上通常安装有传感器，以便当温度过高时自动降低火力或直接熄火。我家灶台由于能通过按键将该装置暂时关闭，这项功能也就被我提前解除了。

不过，解除保险并不意味着可以无限升温，只是把传感器的启动时机由 250 度推迟到了 290 度。

用于测量温度的装置是红外线放射式温度计。这个 2000 日元左右的东西，测量结果可能多少存在误差。

加热约 1 分 20 秒后，距离锅中心 5～10 厘米的圆环形区域内，温度已超过 400 度，中心部分亦超过了 300 度。

中心部分温度较低的原因在于，家用炉灶的灶眼并非由中央喷火，火焰直接接触的是距离锅中心 5～10 厘米的圆环形区域（参照 24 页的照片）。相比之下，餐馆里的炉灶不但火力强大，灶眼中央也是可以喷火的。在这一点上可以说两者间的差异极大。

而在最远离火焰的地方，即靠近锅边的位置，此时温度也已达到 230 度。

按理说，负责削弱火力的装置会在 290 度时自动开启，实际却久久不见它有所动作。继续加热 1 分钟后，直接接触火焰的部分已达到 420 度，中心部分约 320 度。这时传感器终于启动，火焰自动熄灭。如此看来，这便是家用炉灶能达到的温度上限了。

让油锅保持在如此高的温度下，其实需要相当大的勇气。因为超过 300 度，食用油便有可能被炉火引燃，超过 400 度以后，更是会导致食用油自燃。眼下是出于实验需要才强行提升温度，平时在家里做炒饭，应该不会有人全程使用最大火力吧。

话虽如此，接下来的实验便是要利用这个"家里的极限温度"来制作炒饭。

基础烹饪法

所需食材如下：食用油 1 大勺，鸡蛋 1 个，1 人份米饭 200 克。今后的一切演练，基本上都将沿用与此相同的食材和分量（关于大葱，我们将在第 5 章中做重点讨论。大葱并非炒饭味道的决定性因素，因此不包含在"基础烹饪法"中）。

食用油方面，具体内容将在第 3 章进行讨论，眼下暂时使用我平时会用到的精制芝麻油。鸡蛋是直接从冰箱里取出来的。

米饭会在早上煮好，之后封上保鲜膜在室内放置 5 小时，已冷却至常温。这样处理是因为听说冷饭更适合用来做炒饭。

回顾一下炒饭的历史便不难发现，冷饭其实是最自然的选择。在日本，拥有保温功能的电饭煲出现于昭和 40 年代（1965 年以后）。在那之前，煮好的米饭会被转移到木制的饭桶中保存，因此只要不是刚刚煮好，用来做炒饭的米饭应该都是冷饭才对。

中国的情况我了解得并不详细，但至少保温电饭煲的普及要晚于日本，这点可以断言。中国的炒饭应该也是用冷饭做成的。

话说回来，制作炒饭的初衷就是把冷饭重新变成热饭。所以在本书中，我同样要等米饭冷却到室温以后再使用。

烹饪步骤并没有特殊之处。首先倒油，让油沾满整个铁锅。将火力开至最大，见腾起油烟了就倒入蛋液，调整一次呼吸后倒入米饭翻炒，最后用食盐调味。

所谓"调整一次呼吸"的时间，按字面理解便是 4 秒。成年人的呼吸频率大约是 1 分钟 15 次，平均下来一呼一吸是 4 秒。

烹炒时间为 1 分 30 秒。经调查，大多数菜谱和杂志上的炒饭特辑都建议炒 1 ～ 2 分钟，我姑且取了中间值。

可以肯定的是，当这本菜谱最终完成时，以上项目都将经历一番调整。但是为了方便比较，一个统一的烹饪条件必不可少，因此暂且把上述流程规定为"基础烹饪法"，作为今后实验的参考标准。

家用炉灶与商用炉灶的最大差异

下面就来按照基础烹饪法做一次炒饭。首先倒油，并用最大火力加热铁锅。因为会腾起油烟，排风扇需要开至最大档。

当铁锅最热的部分达到 420 度时，即赶在传感器启动之前，将打散的蛋液倒入锅中。眼见鸡蛋变成了深褐色，我急忙用炒勺去搅，然而许多地方已经被烤得焦黑。

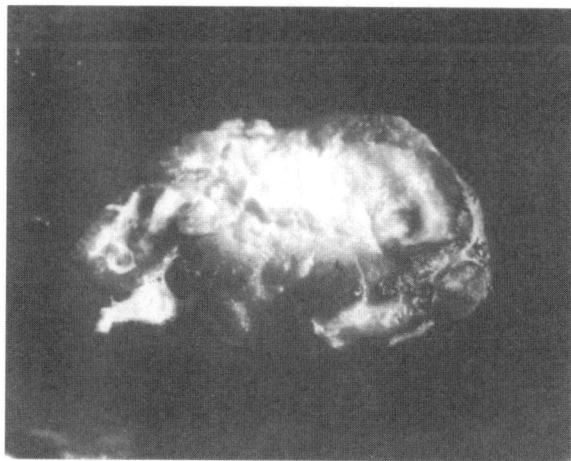

420 度的高温可以瞬间将鸡蛋烤焦

很明显，是温度过高了。餐馆里的炒饭，鸡蛋显然不是这种颜色。而且职业厨师在做炒饭时，鸡蛋并不会迅速变色。换句话说，哪怕是厨师使用商用炉灶，也不会把铁锅加热到这种地步。

尽管米饭尚未下锅，答案已经摆在眼前。家用炉灶所能达到的最高温度 420 度，用来做炒饭是绰绰有余的。"家用炉灶火力不足"的说法并不正确。

由于 420 度的高温会把鸡蛋瞬间烤糊（而且有起火的危险），这次我决定在铁锅最热的部分达到 350 度时让鸡蛋下锅。

同样使用最大火力加热，大约 50 秒后，铁锅直接接触火焰的部分达到了 350 度（中心区域约 250 度）。此时倒入蛋液，和预想中的一样，鸡蛋并没有被烤糊。

不过，当我调整一次呼吸并放入米饭，中心区域的温度一口气掉落到了 100 度。是否下降得太快了？我怀着不安的心情用炒勺搅拌起来，结果不出所料，处处开始有饭粒粘在一起的情况，完全做不出在店里吃到的那种粒粒分明的效果。

或许这才是家用炉灶的弱点所在。食材一旦下锅，温度便急剧下降。由于供热能力不及商用炉灶，耐受不住食材的侵入，也就无法维持高温。

即使持续用旺火加热，锅里的温度也无法迅速回升。当规定时间 1 分 30 秒结束时，中心区域仅仅恢复到 200 度左右。

需要较长的时间回归高温，这将意味着持续的低温状态。所以即使起始温度很高，也不等于能做到"全程高温烹炒"。

商用炉灶由于供热效率更高，添加食材并不会让温度大幅下降，而且温度回升迅速，这便确保了能够始终以高温烹炒，如此做成的炒饭必然是粒粒分明的。

家用炉灶的火力过于贫弱——这种说法其实对错参半。家用炉灶同样可以创造高温，但是在应对由食材造成的温度下降时，就要在商用炉灶面前甘拜下风了。

不过改进的方向已经明确。只要能找到一种守住热量的秘诀，让炒锅的温度在放入食材后不至于大幅下降，问题便可以解决了。

尝试提升炒锅的蓄热量

那么，怎样才能在放入食材后避免温度大幅下降呢？既然无法提高炉灶的供热量，我们是否可以提升炒锅自身的蓄热量呢？假如炒锅可以储存足够多的热量，放入冰冷的食材也应该不会造成太大影响。

就锅的质地而言，通常用于打造炒锅的材料中，蓄热能力最好的是铁。而说到由大量铁合金制成的炒锅，首先想到的便是大尺寸中式铁锅、平底锅，以及荷兰锅这一类用料扎实的铸铁锅。

让我们先来试验一下大尺寸中式铁锅的效果。

我随即在网上订购了一口直径 42 厘米的特大号炒锅。这是一款由广受职业厨师青睐的知名厂商"山田工业所"所打造的铁打中式铁锅，厚 1.2 毫米，重 1.7 公斤。而此前那口直径 27 厘米的铁锅的重量是 780 克。既然含铁量多出了 1.2 倍，储热性能也许会增加一倍以上吧。

从外形来看，这口锅属于通常意义上的"广东锅"。中式铁锅按外形划分，可分为北京锅、广东锅、四川锅等不同种类。北京锅带有铁质握柄，锅底较深；四川锅和广东锅则是在锅的两侧各有一个把手，需双手握持，锅底较浅（广东锅相对更浅）。这次由于是炒饭主题，我便选择了中国食米文化的大本营，同时也是最常吃炒饭的广东地区的铁锅。

为撰写本书而新购入的三口广东锅，以"陈列藏品"的形式摆放

铁锅送到以后，实物的尺寸比想象中还要巨大，厨房里的水槽将将容得下它。把它架在灶台上，旁边的火眼便放不下别的锅了（参考本章首页照片。为方便比较，我将其与直径 27 厘米的铁锅嵌套在了一起）。如果事前没有和伴侣打好招呼，挨骂一定是躲不过的，特此提醒（源自真实经历）。

值得一提的是，用这口特大号铁锅做炒菜，味道可以用惊艳来形容。由于炒锅的质量增加，储热量变大，向热锅中放入蔬菜后，烹饪时间得到了极大缩减，这样就避免了由长时间烹炒造成的蔬菜细胞被破坏，炒出来的菜也就不再是水分分的了。

随着储热性能的提升，蔬菜下锅后并不会对温度造成太大影响，能够实现短时间烹炒的原因就在于此。吃了这盘美味的炒菜，因为买锅的事不给你好脸色看的那个人也应该喜笑颜开了吧？但前提还是要家里放得下它才行。

温度回升速度快

我尝试用直径 42 厘米的铁锅制作了炒饭。一如先前看到的，当炒锅的最热区域达到 420 度时鸡蛋会被烤焦，因此需要以 350 度起步。

用最大火力加热约 1 分钟，当炒锅接触明火的部分达到 350 度时（中心区域约 250 度）倒入蛋液，鸡蛋在巨大的煎炸

环形部分为直接接触明火的地方

声中越发鼓胀起来。

调整一次呼吸后放入米饭，中心温度随之下降到 140 度。鉴于使用 27 厘米的铁锅时温度会掉落到 100 度，改善可以说十分可观。

之后经过大约 20 秒，中心温度已回升至 200 度以上，这样一来，在烹炒的最后一分钟里，中心区域便保持在了 230 ～ 250 度。相比 27 厘米的铁锅直到起锅也无法恢复到 200 度，大尺寸铁锅在温度回升方面的改善同样显著。

不论是放入食材后对温度下降的抑制作用，还是其后温度回升的速度，42 厘米特大号铁锅的优势都是显而易见的。

大锅的优势不仅体现在储热性上。由于尺寸够大，翻炒时的动作大一点也不必担心饭粒会跳出锅外，操作起来非常顺手。而做出来的炒饭虽说达不到餐馆里的水准，粒粒分明的程度却比普通的家常炒饭好上许多，口感更清爽，也比以往更烫嘴。

大锅做炒饭更好吃，恐怕不只是因为抑制了温度下降。锅的尺寸变大了，米饭也可以摊得更平或许也是一大原因吧。随着与锅底接触面的增加，每一粒米都获得了更多的热量，也就更容易蒸发掉水分。这样看来，使用特大号铁锅确实有着非同寻常的意义。

铸铁平底锅不存在温度低下问题

使用特大号广东锅做成的炒饭，显然要比此前的都更好吃，但是比起在店里吃到的美味又粒粒分明的炒饭仍有很大差距。

因此，我决定继续测试锅底更厚的铸铁锅的效果。

这次使用的是由 Snowpeak 出品的铸铁平底锅，直径 32 厘米，重 4 公斤，铁板厚度足有 3.5 毫米。相比广东锅 1.7 公斤的重量，铸铁平底锅的用料不止翻了一倍，蓄热性能应该可以期待。

由于锅底变厚了，铸铁平底锅的升温速度非常缓慢。使用最大火力加热 4 分 20 秒后，直接接触火焰的部分才终于超过了 300 度。此时中心区域是 275 度，锅边也达到了 180 度。

之后温度不再有明显提升，接触明火的部分超过 350 度是在 7 分 50 秒以后（中心区域约 320 度，边缘 230 度）。此时传感器启动，火焰熄灭。

既然无法进一步升温，用铸铁平底锅做炒饭便和使用中式铁锅时一样，从 350 度起步。结果却是蛋液下锅后迅速凝固，被烤糊了。原因在于中式铁锅可以聚集油洼，蛋液可以在油中翻滚，但是遇到铸铁平底锅的平底，油和蛋液都会摊成薄薄的一层，蛋液转眼就会凝固、烤焦。

使用铸铁平底锅时，倒入蛋液并不会使温度下降，350 度便成了一个过高的烹饪温度。因此，我决定将倒入蛋液的时机调整为最热区域达到 300 度的时候。

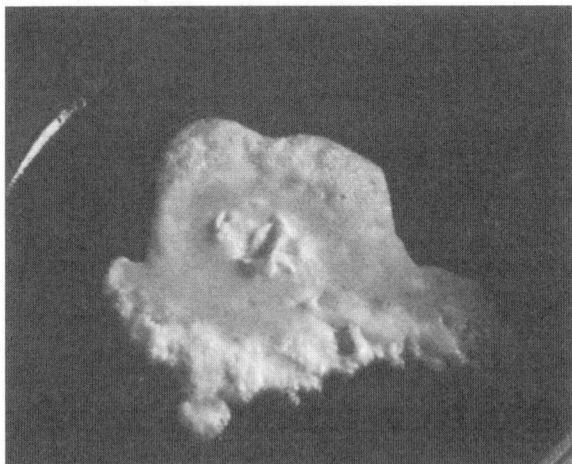

蛋液在铸铁平底锅中摊成薄薄的一层，迅速凝固

从"粒粒分明"到"粒粒干瘪"

现在我们再试一次。

向锅中倒油，并使用最大火力加热。4分40秒后，当最热区域达到300度时倒入蛋液。不同于使用中式铁锅，铸铁平底锅的温度并未因此下降。蛋液在平坦的锅底上摊成了薄薄的一层，随时可能被高温烤透。

这种情况下再等一口气的工夫，蛋液恐怕要完全凝固。我赶忙倒入米饭，温度随之下降到260度。之后按照"基础烹饪法"，在烹炒1分30秒后将炒饭盛出。

较之中式铁锅，铸铁平底锅不容易令食材混合，两三粒米饭粘在一起的情况随处可见。不过从外表来看，饭粒并非黏糊糊的，铸铁平底锅似乎能蒸发掉米饭中更多的水分，让做成的炒饭更显轻盈。

至于试吃后的第一个感想，米饭炒硬了，不如中式铁锅做出来的松软，嚼起来干巴巴的。大概是加热过度，失水过多了。做炒饭总是给人"一定要用旺火"的印象，但如果旺火持续得太久，水分便将所剩无几。

失水过多让炒饭从"粒粒分明"变成了"粒粒干瘪"，看来有必要找到一个能够让炒饭适度保湿的中间点。

炒饭盛出以后，锅里残留的饭粒被余热继续烘烤着，变得像煎过一样又干又硬。铸铁平底锅的蓄热性能确实卓越，然而一旦卓越到了这种程度，反而叫人不能掉以轻心。

为了不让米饭受热过度，这次我决定在放入米饭的当口便把火熄灭，只利用余热将炒饭完成。

采用"关火法"后，炒饭的口感较之始终使用旺火时有所改善，但是依然比不上中式铁锅做出来的松软。想控制火候不炒过，似乎没那么容易。

高温起步的意义

话说回来，用铸铁平底锅做炒饭，当真需要 300 度的高温吗？

关于"高温起步的必要性"，这是我在对中式铁锅与铸铁平底锅进行比较实验时获得的一个重要发现。就像在测试中式铁锅时看到的那样，食材下锅以后温度会有大幅下降，为了防止这一情况发生，我们才需要以 350 度的高温开始烹饪。但这并不意味着整个烹调过程都需要恒定在 350 度（若始终保持在这个温度，势必会像测试铸铁平底锅时那样把鸡蛋烤焦）。

此外，铸铁平底锅的温度并不会因放入食材而下降，因此像中式铁锅那样以高温起步便是不必要的。我决定将起始温度下调。

首先尝试 250 度。倒入油后用最大火力加热，大约 3 分钟后，当接触明火的部分达到 250 度时（中心区域约 220 度，边缘 150 度）倒入蛋液。

鸡蛋虽然没有被烤焦，但是依然摊成薄薄的一层，并开始迅速凝固。我连忙倒入米饭翻炒。不同于 300 度起步的情况，蛋液与米饭的加入确实令铸铁平底锅的温度有所下降。中心区域下降至 180 度左右，之后未见明显回升，最终维持在 200 度左右。

铸铁平底锅的升温速度会随温度升高而减缓。从 150 度上升至 200 度需 40 秒，200 度至 250 度需 1 分钟，250 度至 300 度则需 2 分 40 秒，300 度至 350 度需 3 分 10 秒。

加热至 300 度时，由于长时间的干烧，就连锅边也充分受热，因此整口锅聚集了充足的热量。但是加热至 250 度时并非如此，所以放入食材后温度才会下降吧。

至于最关键的味道，则是饭粒粘在一起的情况随处可见，虽然不粘嘴，却也谈不上爽口，咬上去软趴趴的，并非炒饭应有的口感。还有鸡蛋，没有裹住饭粒不说，还被烤得又薄又干，口感欠佳。

我决定把初始温度再调高一些，取了 250 度和 300 度的中间值，275 度。放入蛋液和米饭后温度下降至 210 度，之后维持在 230 ～ 250 度。

炒饭做成了，鸡蛋却仍然薄得像纸一样，只有少量裹住了饭粒。米饭也仍然有许多粘连的部分，不过软硬适中的口感颇有炒饭的感觉，一粒是一粒，味道也很香。这个温度做炒饭看来刚刚好。

铸铁平底锅在使用上的诸多难点

铸铁平底锅的蓄热性能卓越，然而在使用上却存在诸多难点。

首先是不便于翻炒，而且蛋液在摊平后容易被高温烤透，导致做成的鸡蛋偏薄、偏干。由于鸡蛋对炒饭味道的影响很大，这个问题不容忽视。半熟的鸡蛋无法挂在饭粒上，加之不易翻炒的原因，饭粒间的粘连现象比较严重。

再者说，尺寸适合制作炒饭的铸铁平底锅，价格通常非常昂贵。炒饭原本是利用剩饭随手做出来的料理，是否值得为了这样一道家常菜特意购入价格不菲的厨具，确实让人在心里打个问号。

此外，在关火以后，铸铁平底锅的余热仍能起到烘烤的作用，如不尽快将炒饭盛到盘中，饭粒转眼就会变硬。然而铸铁平底锅的底是平的，用炒勺盛饭并不顺手，而且由于太重，单手举锅十分吃力，因此很难像中式铁锅那样，三两下就把炒饭盛到盘子里。

实际上，在"南部铁器"出产的铸铁锅当中，也可以找到类似中式铁锅的器形。这种锅不但具有铸铁锅厚实、储热性强的特征，而且让炒勺的运用变得更加自如，但它又继承了铸铁平底锅价格高昂与锅身笨重、不便于握持的劣势。

论及操作上的便利性，还是普通的中式铁锅更胜一筹。不论是翻炒、颠锅，还是盛盘，都可以轻松搞定。考虑到铸铁平底锅的不足之处，在家里使用大尺寸的中式铁锅应该是相对现实的选择。

关于能够让炒饭粒粒分明的"烹饪手法"，我们将在第4章中一探究竟，届时视研究成果而定，锅的选择可能还有变数。因此，哪种锅更好的问题我们先放一放，我将继续使用42厘米的中式铁锅，同时寻找可以达到铸铁锅效果的方法。

重点是将温度控制在 230 ～ 250 度

在对特大号广东锅进行试验时，曾有过一个重要发现。纵使锅的尺寸再大，放入食材后也难免导致温度下降，不过在烹炒的最后一分钟里，或许是因为中心温度始终保持在230 ～ 250 度吧，完成后的炒饭比较粒粒分明。

如果在放入食材后中式铁锅的中心温度仅仅下降

到 230 ～ 250 度，结果又会怎样呢？使用铸铁平底锅时 230 ～ 250 度的温度足以使水分蒸发而获得清爽的口感，假如中式铁锅也能够维持相应的温度，是否可以实现粒粒分明的效果呢？

炒饭虽然给人以高温必不可少的印象，温度却不一定非要居高不下，只要保持在适当的范围内就可以了。仔细想来，假使炒饭必须始终以高温烹炒，职业厨师又怎会冒着降低温度的风险，运用颠锅令饭粒飞舞在空中呢？让饭粒紧紧贴在锅底上才是最有效的导热方式。

现阶段的情况是，食材下锅后中式铁锅的中心温度会掉落到 140 度。若能将此时的温度控制在 230 度以上，并迅速回升到 250 度，胜利就指日可待了。只要能克服这一难题，用家里的炉灶也应该能做出粒粒分明的炒饭。这次的发现，可以说是朝成功迈出了一大步。

不能使用刚刚煮好的米饭

防止温度低下的技巧应该有很多才对，提高米饭的温度算是其中一种吧。此前一直使用冷饭做炒饭，若将其替换成热腾腾的米饭，温度低下的状况会怎样变化呢？

我决定用新煮成的米饭试一试。当炒锅的温度达到 350 度时倒入蛋液，紧随其后放入热米饭，于是温度下降到了180度。使用冷饭时温度曾一度跌落到140度，这样看来热米饭在很大程度上抑制了温度的下降。

不仅如此，翻炒时的感觉也有不同。新煮成的米饭比冷饭更容易散开，被炒勺一压就自然而然地分开了（但并非清晰地分成一粒一粒的，而是仍有许多粘连的部分，粒粒分明的感觉并不明显）。

煮米时，淀粉的结构会遭到破坏，并因此化成绵软的糊状。但在冷却过程中，淀粉又会逐渐变硬，最终恢复其原有的结构，这一过程被称为"老化"。若是在粘连的状态下变硬，相邻的饭粒就会牢牢地粘在一起。比起新煮成的米饭，将冷饭捣碎要困难许多。

既然如此，使用新煮成的米饭就可以实现粒粒分明吗？其实不然。虽然容易分开，完成后的炒饭却非常绵软，吃起来是粘嘴的。相比之下，用冷饭做成的炒饭则更有弹性，饭粒虽然没有彻底分开，整体而言却更有"分明"的感觉。

新煮成的米饭可以有效地抑制温度下降，但由于包含的水分要大于冷饭，做成炒饭后会感到粘嘴。

那么冷饭究竟在多大程度上流失了水分呢？对此我进行了一番调查。

淘2合（约300克）米，浸泡20分钟——煮米前大多都要浸泡20分钟。大米在吸水后变为374克，将其放入电饭煲，按刻度添水后刚好是 700 克。煮好后称重，米饭的重量为 660 克。将米饭盛出，经 5 小时后冷却至室温，此时米饭的重量已减少至 643 克。换句话说，相比刚煮好时流失了 2.6% 的水分。

不出所料，如果没有挥发掉这部分水分，即使去炒也只能做出绵软粘嘴的炒饭。

使用保温米饭，口感更分明

若是这样的话，使用经过保温的米饭又如何呢？米饭在保温过程中同样会失去水分，而温热的状态又使其不会像冷饭那样令炒锅的温度骤降，同时也比冷饭更容易令饭粒分开。就让我们赶快试一试吧。

将煮好的米饭在电饭煲中保温 5 小时。据说 5 小时是可以留住米饭美味的极限保温时间。若放置超过 5 小时，变质的程度便不容忽视——散发出异味，口感变差，光泽变暗，味道也会变糟。尽管在做成炒饭之后这些问题都将变得难以察觉，但既然是以做出美味的炒饭为目标，变质的问题就应该极力避免。

至于最关键的"失水量"，经 5 小时保温后，660 克米饭变成了 655 克，相比刚煮好时仅减轻了 1%。如此微小的水分变化，究竟能带来多大差异呢？

抱着这样的疑虑，我开始制作炒饭。在令饭粒分开的难度上，保温米饭与新煮成的米饭相当，但若比较最终效果，则是使用保温米饭更加粒粒可辨。看来即使减少的水分只占总重量的1%，减少水分也是很有意义的。

此外，用保温米饭做炒饭，会比用冷饭做出来的炒饭更好吃。冷饭由于水分较少，弹性较大，吃起来会有一种类似于粒粒分明的口感。保温米饭虽然水分较多，但是饭粒分离得更彻底，较高的烹饪温度也使完成后的炒饭更加香气四溢，整体感觉也更加粒粒分明。相比之下，冷饭由于不容易分开，处处是粘在一起的饭粒，令粒粒分明的效果大打折扣。

再有，倒入蛋液和保温米饭令锅内温度下降到170度，这比使用冷饭时要高出许多。保温米饭虽然水分较多，但容易散开，下锅后的温度也更高，就烹饪条件而言优势更大，因此完成后的效果也更好。

不过，下锅后的温度较之新煮成的米饭低了10度左右。我分别测量了这两者在下锅前的温度，新煮成的米饭接近100度，保温米饭则是差距较大的70度。想必那10度的差距就源于此吧。

但是比起230～250度的目标温度，两者都是远远不及的。抑制温度下降的方案还有待完善，不过，我决定在今后的实验中一律使用经过 5 小时保温的米饭。不言而喻，这是将粒粒分明作为首要课题而做出的决定。

米饭煮得硬一些的方法不可取

关于下锅前米饭的状态，许多料理人把目光转向了这里。

部分观点认为，生米中的水分会随着时间的推移而流失，新米的含水量最多。此外，米饭在煮好以后也会不断流失水分，刚煮好的时候含水量最多。换句话说，做炒饭尽量不要选择用新米刚刚煮好的米饭。

因此，许多菜谱会建议"把米饭煮得硬一些"。不可否认，水分较少的米饭更容易做到粒粒分明。

但是，这种做法同样存在着若干问题。在日本（以及在炒饭的原创国中国），想必很少有人会为了做炒饭而特意煮米。通常情况下，炒饭都是用剩饭做成的。

因此，本书将不会采用把米饭煮硬的方法，而是要想方设法去降低普通米饭中的水分。

同样地，虽然我们知道陈米的含水量会低于新米，但是为做了炒饭而特地购买陈米的做法显然也是不自然的，所以购买陈米也将被排除在外。使用手头的（通常为收获后 1 年以内的）大米来制作炒饭，这是完成这本菜谱的大前提。

挖掘使用明火烘烤的偏门技巧

在本章的最后，我还有一件事要和大家分享。序章中，《美味大挑战》里的山冈士郎曾这样说道：

"饭粒从锅中被抛起，在空中经过火焰正上方时会受到明火的直接烘烤！这样能除去多余的油脂，令炒饭变得粒粒分明、香气扑鼻。"

按照山冈的说法，用明火烘烤饭粒可以获得粒粒分明的效果。那么是否确有其事呢？曾被山冈批评自甘堕落的我不禁对此产生了怀疑："山冈士郎该不会只是随口一说吧？"

因为即使我翻遍了炒饭的菜谱和杂志特辑，也几乎没有找到类似的言论。

唯一的一篇是刊载于《太阳》1975 年 3 月号上的，由作家江国滋撰写的名为《"不值一提"的炒饭做法》的文章。杂志上小林泰彦的插画旁有这样一行手写的注释："颠锅时米饭会直接受到明火的烘烤。"然而正文中并没有提及明火烘烤的好处。

Youtube 上的炒饭视频我也看过一些，颠锅后让饭粒触碰火焰的画面并不多（虽然不多，但是可以看出其中一些是有意而为之）。

实际尝试后，我发现这种技法在家用炉灶上是行不通的，只有商用炉灶才能释放出可以烘烤到饭粒的火焰。将要放弃的时候，我想到一个不错的点子，可以利用小型液化气罐和火焰喷枪对炒饭进行烘烤。

沿用以往的方式做好一锅炒饭，盛出一半，之后用喷枪对锅里的另一半炒饭进行 10 秒左右的烘烤。过程中可以听到油脂燃烧时迸发出的声响。

对比试吃的结果，经喷枪烘烤过的炒饭明显更加粒粒分明，口感更清爽，不会粘嘴，应该是多余的油脂被消耗掉的缘故。而且可以吃出一般炒饭所不具有的香味，感觉像是稍许烤焦的味道。

如果烘烤过度，口感会变柴，并且能吃出烤焦的苦味，因此需要控制好烘烤的时间，不过"喷枪烘烤法"无疑是一个值

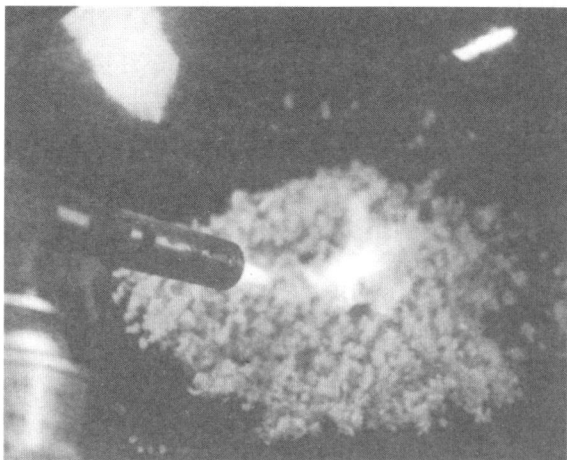

使用连接着小型液化气罐的火焰喷枪烘烤饭粒

得使用的技巧，"明火成就粒粒分明"的理论着实不假。虽然被山冈说成不思进取的事至今让我无法释怀，不过因此就怀疑他，我感到十分抱歉（姑且在此表示歉意）。

只不过，这种用明火烤出来的粒粒分明，与通常意义上的粒粒分明在本质上是有所差异的。想必是因为火焰燃烧油脂，降低了饭粒的油性，这样做出的炒饭虽然有模有样，滋味却寡淡了少许。

此外，使用铸铁平底锅时由于温度居高不下，消耗了水分却无法消耗掉油脂，使得完成后的炒饭尽管粒粒可辨，口感却十分油腻。对于接连不断试吃炒饭的我来说，喷枪烘烤所带来的清淡口感或许恰到好处。不过，从油脂中生出的浓郁味道，原本也是美味炒饭不可或缺的一部分，燃烧油脂的做法并不一定是最佳选择。

这样想来，明火烘烤法或许是通往粒粒分明的一种技巧，但绝非"治本之道"。把它看作一种能令油腻炒饭焕然一新的"偏门技巧"或许更适合一些。

不管怎样，视情况而定这类偏门技巧也是能够充当武器的。将上述经验化作武器，我们将在下面的章节中继续探索粒粒分明的更高境界。

第 2 章

蛋液外衣的秘密

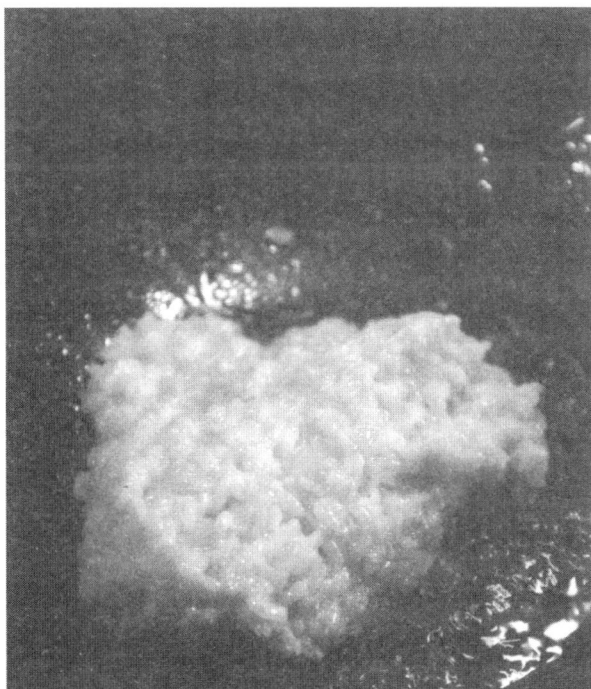

山冈士郎也没有提到的蛋液外衣

我在上一章曾写道：单单是饭粒互不粘连的状态不能被称为粒粒分明。饭粒中过多的水分会扼杀粒粒分明的口感，反之，一如在用300度高温测试铸铁平底锅时看到的，过度消耗饭粒中的水分又会让粒粒分明变成粒粒干瘪。

让饭粒保有适度的水分，是实现粒粒分明必不可少的条件。为了恰到好处地除去水分，我在上一章中尝试了不同的加热方法，并得出了一味加热无法令炒饭粒粒分明的结论。

油脂也好，鸡蛋也好，是否能以某种形式覆盖在米粒表面，使每一粒米饭独自存在、互不粘连，以此来实现粒粒分明呢？

想到这里，最先浮现于脑海的便是耳闻已久的"蛋液外衣理论"。

趁锅中蛋液尚未完全凝固时倒入米饭，迅速搅拌，使每一粒米都穿上一层蛋液外衣。这样不仅能杜绝饭粒间的粘连，实现粒粒分明，还能防止多余油脂渗入饭粒中，避免饭粒因吸油过多而发黏——这便是蛋液外衣理论。

实际上，借这次写书的机会，时隔几十年我又重读了一遍《美味大挑战》。结果却令我惊讶不已，书中并未出现任何关于蛋液外衣的描述。记忆中，除了让饭粒飞舞于强火之上，我始终认为山冈太郎亦有对蛋液外衣做出过说明。

可能是当年在阅读《美味大挑战》或收看《浅草桥 Young 洋品店》时，从别处听到或是读到的蛋液外衣理论，与《美味大挑战》的记忆混在了一起。

虽然记不得是在哪里看到的，这一理论和《美味大挑战》难解难分地在我的记忆中留下了深刻的印象。从那时起，我便一心认为强大的火力和蛋液外衣是实现粒粒分明不可或缺的两大秘诀。

拥有相同信念的人应该不止我一个。20 世纪 90 年代炒饭热潮兴起以后，蛋液外衣俨然成为半个常识。杂志、书籍和网络上遍布着关于蛋液外衣的记述，由此衍生出的事先将米饭与蛋液混合再下锅的烹饪方法同样广为流传。

强大火力的神话在前一章中已得到验证，顺理成章地，蛋液外衣的传说我们同样有必要去考察其真伪。本章重点讨论的便是蛋液外衣问题。

职业厨师心中的不二选择

话说回来，蛋液外衣是从何时起流传开来的呢？20世纪90年代曾掀起过一阵炒饭热潮，而在热潮过后的杂志和烹饪书籍中，许多料理人已经开始有意识地运用蛋液外衣。

在杂志 dancyu 2009年6月号的特辑"成为炒饭名人"中，料理店"神田云林"的成毛幸雄、"masazu 厨房47"的鲶江真仁，以及"SILIN 火龙园"的唐朱兴都曾指出，应在倒入蛋液后迅速放入米饭，以使蛋液挂在饭粒表面。

料理店"桃之木"的小林武志也曾出现在杂志 SARAI 2007年3月号的同名特辑中，不过小林的建议是先放米饭，之后马上淋蛋液并搅拌。尽管是后放蛋液，但赶在蛋液凝固前包裹住每一粒米的初衷是一致的。

在 dancyu 2004年4月号的文章《炒饭直球胜负》中，亦曾有多位料理人推荐"事先将蛋液与米饭混合再下锅"的烹饪方式。

譬如，代代木上原的料理店"Jeeten"（当时）的吉田胜彦，在介绍家常炒饭的窍门时指出："将蛋液与米饭混合，使其包裹在饭粒表面，并使用木铲边剁边炒，照此方法家用炉灶也可以做出不粘嘴、不粘连的炒饭。"

料理店"嘉宫"的曾兆明也曾在同一期杂志中登场。曾兆明将事先混合蛋液与米饭的做法称为"黄金炒饭"，并为其申请了专利，之后又于2000年出版了《黄金炒饭达人：曾兆明的心动餐厅》（K&K Press）一书。他所提倡的当然也是事前混合的做法。

把目光从杂志转向烹饪书籍，四川饭店集团著名厨师菰田欣也在其著作《菰田欣也之成为中华料理名人读本》（柴田书店，2014年）中同样写道，需先将米饭与蛋液混合再下锅翻炒。

在职业厨师之间，蛋液外衣俨然已是约定俗成的烹饪技巧。

对蛋液外衣不以为然的料理人

另一方面，部分料理人却对蛋液外衣持不同观点。

在 dancyu 2009年6月号上，广尾"春秋"的宫内敏也建议把蛋液随手倒入热锅后翻炒八九秒时间。用强火翻炒约十秒后，蛋液大体已经凝固，此时再放入米饭，已经无法形成蛋液外衣。

事实上，宫内曾明确表示"不会去用蛋液包裹饭粒"。"应把鸡蛋视作炒饭的辅料之一，用适当的火候引出鸡蛋的鲜香味。"宫内给出了这样解释。

然而，在调查中遇到的最普遍的情况是，不经意间使用了类似蛋液外衣的技巧。"把鸡蛋炒至半熟，然后倒入米饭"，这样的记述屡见不鲜。

但是，"半熟"这两个字就让人难以拿捏了，究竟是指怎样的火候呢，缺少一个明确的描述。何况，鸡蛋的火候和放入米饭的时机一定会对蛋液外衣的紧实程度造成影响。

有人明确表示，"为了做出蛋液外衣，需要在半熟时放入米饭"，也有人指出，"为了让鸡蛋这种素材更加鲜美，需要趁半熟时放入米饭"。后者强调半熟的意图显然不在蛋液外衣，这种各持己见的状况令人有些不知所措。

既然是杂志推荐的著名料理店，任何一家的炒饭应该都很好吃，然而在蛋液外衣的使用上，各家却是众说纷纭，至少不存在一个能让我们这样的厨艺爱好者一目了然的绝对标准。

家用菜谱是差别待遇的产物？

一如前一章中写到的，我的"基础烹饪法"采用了最先倒入蛋液的做法。然而在上述几位料理人的菜谱中，却存在着并非先放蛋液的方法。

面对这种情况，有一点引起了我的注意。不论是先放米饭再淋蛋液的"桃之木"的小林武志，还是先将米饭与蛋液混合再下锅的"Jeeten"的吉田胜彦和四川饭店集团的菰田欣也，他们的菜谱都是作为家用菜谱来介绍的。

在家做炒饭不但火力贫弱，通常还会使用特氟龙涂层的平底锅来替代铁质的中式炒锅。由于高温会损伤不粘锅的涂层，使用时不可能像铁锅那样加热到腾起油烟，因此"最大火力"这种东西从一开始就不在考虑范围内。

换句话说，在家做炒饭只能使用和店里相差悬殊的低温。考虑到烹饪环境如此，就算把店里的菜谱介绍出去也无济于事。于是各位料理人经过一番思索，在杂志等媒体上登出了根据家庭需求调整后的做法——想必事情就是这样了。

事实上，杂志上也从未说过"照此方法一定能做出和店里一模一样的炒饭"。"虽然不能保证味道和我的店里一样，但如果想在家里做出接近粒粒分明的效果，可以使用这种方法"，或许这样理解才较为妥当吧。

另外，印象中推荐先放蛋液的料理人，大多是在介绍店里的做法。这一点也体现在了他们不会去顾及不粘锅的态度上。

唯有"SILIN 火龙园"的唐朱兴，在建议先放蛋液的同时，也捎带提到了在家做炒饭的方法——向热锅中倒入蛋液，搅拌一下迅速放入米饭，一边用炒勺碾开米饭一边翻炒，直至粒粒分明。在介绍过以上步骤后，唐朱兴这样说道：

"在家做炒饭时，完成这一步后可以先把炒饭凉在锅里，临上桌前加入少许蛋液重新炒一下，这样做炒饭更容易粒粒分明。"

先放蛋液，在翻炒过程中裹衣，之后再次裹衣，唐朱兴采取的便是这种策略。在家做炒饭，蛋液外衣可能要穿厚实一点吧。

"终极的炒饭"不穿衣

那么，曾在90年代掀起"终极炒饭"热潮的周富德本人，又是如何看待蛋液外衣的呢？

1994年出版的《周富德·富辉的职人味道 炒饭·煎饺·烧麦的美味制作法》（Bookman）一书中这样写道：向热锅中倒油，待油温升高后以画圆的方式倒入蛋液，"用七分火炒至半熟"后倒入米饭及其他辅料。

七分即是70%的火候，半熟则是50%的火候，所以到底是炒至七成熟还是五成熟呢？书中的写法让人不禁想要吐槽。不过，文字传达的毕竟是种感觉，作者大概只是想借"半熟"一词来表达"鸡蛋尚未完全凝固"的意思吧。

话虽如此，七成熟的鸡蛋能否裹住饭粒，这尚且是个问题。实际从书中的照片来看，饭粒白皙，泛着油光，并非呈现被鸡蛋包裹的黄色。

如此看来，至少在这篇文章中，周富德在鸡蛋完全凝固之前倒入米饭，并不是为了让蛋液裹在饭粒上。

不论是在周富德的菜谱中，还是《美味大挑战》中，关于蛋液外衣的记载都无处可寻。

90 年代以前不见蛋液外衣的踪影

通过调查过往的资料，我发现了一个颇为有趣的事实。在进入 90 年代以前，任何一本书或杂志中都不曾高声倡导过蛋液外衣理论。

已故的波多野须美女士，曾在侨居香港期间研究中华料理，并曾出演 NHK 的《今日料理》节目超过 30 年之久，被誉为战后在日本弘扬中华料理的第一人。

就让我们来借鉴一下波多野女士的"烧猪肉炒饭"的菜谱吧（《今日料理》1981 年 10 月号）。首先倒入蛋液，像做炒鸡蛋一样翻炒，将鸡蛋炒成碎块后盛出。重新倒油，加热，炒猪肉和青豆等辅料，之后让鸡蛋回锅，并加入米饭，翻炒一段时间。

这种做法中，鸡蛋出锅时已被炒至全熟，之后再随米饭一起回锅。鸡蛋完全没有裹在饭粒上。

波多野须美的义女，同时也是长年在料理教室里担任其助手的波多野亮子，在虾米炒饭的菜谱中（《在家也能做的"正宗"中国料理》，主妇与生活社，2014 年）同样写道："将鸡蛋炒熟后盛出，之后回锅。"

采用同一种做法的还有马迟伯昌女士。马迟伯昌生于大正七年（1918 年）的哈尔滨，是战后在日本推广中国料理的料理研究家，并在东京经营一家"华都饭店"。她的菜谱（《马家的中国名菜谱》，讲谈社，1984 年）中同样遵循先做炒鸡蛋、盛出、再回锅的步骤。

鸡蛋炒好以后炒香菇丁，同样盛出。重新倒油，放入葱花提香，之后放入米饭捣碎，加入炒鸡蛋、香菇丁和烧猪肉一起翻炒，最后混入控干水分的罐装青豆，这道炒饭就算完成了。

从战后到 80 年代末，日本料理界大多采用先炒鸡蛋，并在米饭即将炒好时让鸡蛋回锅的做法，而绝不会让半熟的鸡蛋裹在饭粒上。

唯一的例外出自一篇刊登在《妇人俱乐部》1968 年 7 月号上的，题为《粒粒分明的炒饭做法》的文章。中国料理研究家似内芳重，在介绍了"分别炒鸡蛋和米饭再合炒"这种做法的同时，还提供了一种"向炒好的米饭中倒入蛋液，让蛋液裹住每一粒饭，待蛋白质凝固后将炒饭做成粒粒分明"的做法。

后者虽然是先炒米饭再将鸡蛋下锅，但是明显运用了蛋液外衣的手法。蛋液外衣可以使炒饭粒粒分明的技巧，至少在这个时代已被部分料理人所知晓，尽管尚未达到广为人知的程度。

鸡蛋需要炒至全熟

继续追溯更早以前的时代。战前又是怎样一番景象呢？

发行于昭和元年（1926 年）的小林定美的《简单可行的美味中国料理法》中记载着"扬州炒饭"与"蛋炒饭"的做法，上面果然也说：用猪油将鸡蛋炒成碎块后盛出。

昭和二年（1927 年）出版的《最新割烹指导书》（家政研究会）中介绍了这样一种炒饭的做法：用牛油将鸡蛋炒至半熟后添入其他材料，耗干水分，最后加入米饭。步骤稍有不同，但仍然是等鸡蛋炒熟后再放米饭。毫无疑问，炒干以后的鸡蛋是不可能包住饭粒的。

昭和五年（1930 年）出版的《寿司和不寻常的米饭做法》（主妇之友社）中给出的做法如下：将米饭捣碎以后用猪油炒，之后加入蟹肉和蛋液继续翻炒，火候差不多了最后放入青豆。

虽然没有注明加入蛋液的意图，但既然是在炒过的米饭上面淋蛋液，说它是蛋液外衣也未尝不可吧。这种做法采用的也是先炒米饭后倒蛋液的方法。

而在昭和 11 年（1936 年）发行的《新时代割烹教本》（星野书店）中，越智喜代建议先用色拉油炒猪肉末、青豆、松蘑等辅料，之后倒入蛋液。待所有食材表面都附着有蛋液后，整体翻一面充分加热，此时放入蒸至七分熟的粳米与糯米二米饭，与辅料混在一起翻炒。

　　最后是发行于同一年的大日本联合女子青年团的《料理教范：技能修炼》（社会教育会），该书中关于"炒饭"的做法颇有些奇特：煮米前的生米需先用油炒一下，其他辅料则是同鸡蛋一起炖煮，最后将这两者混合翻炒。

　　综上所述，不同书中介绍的做法也不尽相同，不过，除去《寿司和不寻常的米饭做法》，其余几本书均提倡将鸡蛋炒至全熟，而没有采用蛋液外衣的做法。

把油炒进鸡蛋里

　　至少在我的调查范围内，90 年代以前的菜谱中几乎找不到关于"蛋液外衣"的描述，而且大多数菜谱提供的做法都无法达到粒粒分明的效果。那么是否可以说，炒饭的粒粒分明对于当时的人们来说可有可无呢？实际并非如此。

　　1987 年 3 月 14 号的《日本经济新闻晚报》上，单簧管演奏家北村英治就曾在一篇写炒饭烹饪法的文章中指出了粒粒分明的重要性。

文章中的具体做法如下：用铁锅将猪油和色拉油烧热，放入葱青煸炒，发焦后取出。这样一来，葱的香味便转移到了油里。此时倒入蛋液，等到"油全部被炒进鸡蛋里"，就放米饭。

用炒勺敲打米饭，使其在锅中散开并与鸡蛋混合，如此反复2至3次。之后放入叉烧肉、青豆等辅料，最后放葱末。一度将炒锅拿离火焰，沿锅边旋转倒入酱油，再重新上灶台，迅速翻炒一下即大功告成。

按照北村先生的说法，油会先被鸡蛋吸收，之后从鸡蛋中溢出，布满所有饭粒，便是做出了粒粒分明的效果。重点是要将油"炒进"鸡蛋里。下料的顺序是先放鸡蛋，后放米饭，因此也就不存在蛋液外衣了。

即使是在早于这篇文章问世的菜谱中，也常能见到诸如"粒粒分明"或"成粒"这类字眼。我查阅到的最早的一篇，是《月刊食生活》1952年7月号上关于"桂花炒饭"（蛋炒饭）的做法，当中明确出现了"将饭炒至粒粒分明"这样的文字。

由此可见，"炒饭做到粒粒分明为上佳"的观念，早在"蛋液外衣理论"普及之前就已经存在于世了（尽管不清楚在多大程度上为人所知）。那么，为何大多数的"昭和炒饭菜谱"都做不出粒粒分明的效果呢？关于这个问题，我们稍后再做探讨。

令人震惊的"鸟巢"

在炒饭的发祥地中国，人们又是怎样制作炒饭的呢？

在日本的中华料理店里十分常见的"五目炒饭"，其原型被认为是中国的扬州炒饭。在中国，炒饭同样是对剩饭的再利用，属于各家各户懒得做饭时的拿手好菜。但唯有扬州炒饭，据说是一道要特地去餐馆里品尝的著名料理。

出于这层原因，我对扬州炒饭的烹饪方法进行了一番调查。在 Youtube 上搜索"扬州炒饭"，跳过由日本人制作的视频和水准相对业余的视频，我首先观看了在视频制作上最有卖相的《美食台》的演示。

视频开头是细切火腿、香菇等辅料的准备工序，之后正式进入料理阶段。首先向铁锅中倒油……看到这里我已是瞠目结舌，因为视频中的做法远远超出了我的常识范围。

大师傅用大号炒勺舀起了满满一勺的油，倒进平底锅里。用量杯计算的话，那分量恐怕要超过一满杯。"不愧是正宗的做法，用油就是不一样！"不等我抒发感慨，大师傅又倒了满满一勺。"不是吧！太多了吧！"我不敢相信自己的眼睛，谁知还有一勺等着我。这下我彻底无语了。平底锅已然变成了注满油的天妇罗炸锅。

接下来还将发生什么？我咽下口水，注视着屏幕里的一举一动。只见蛋液宛如从碗中垂下的细丝，落入滚烫的油锅里。使用的是类似于制作"鸡蛋挂面"的烹饪技巧。蛋液是用4个蛋黄和2个全蛋液打成的，质感非常黏稠。

凝固成丝状的蛋液层层叠绕，在热油中形成了一座"鸟巢"。当蛋液全部坠入油中之后，用抄子捞出"鸟巢"，用炒勺用力按压。大量的油从"鸟巢"里被榨了出来，滴落在锅里，但仍有很多是被锁在鸡蛋里的，这让"鸟巢"看起来油汪汪的。

这当真是在制作炒饭吗？接下来还会发生什么呢？这时平底锅再次出现在画面中，终于要进入"炒"的阶段了。

大师傅没有倒油，直接把鸟巢丢进了锅里。既然鸟巢是吸满油的，重新倒油便不必要了。随后放入切成丁的辅料，用炒勺混合，再放入米饭继续搅拌，最后加入葱花，翻炒一下便算是做成了。

炒至全熟是大多数

观看这段视频时，我迫切想要知道的便是大师傅做扬州炒饭时使用的火力，然而这个部分并没有被拍到，很是遗憾。不过从腾起的热气和油烟判断，应该不是强火。这恐怕是因为视频中使用的是平底锅而并非铁锅，鉴于特氟龙涂层的关系，无法使用太强的火力。

烹饪时虽说有过几次颠锅，但基本上全程只用炒勺翻炒，尽管如此，做成后的效果却无疑是粒粒分明的。

按照视频中的做法，鸡蛋需要被彻底煎熟，先盛出后再回到锅中。在这一点上——虽然烹饪方法有别——与90年代以前日本家庭里采用的做法是一致的。

另外值得一提的是，将鸡蛋做成丝状的手法是效仿了扬州某著名料理店的独门技艺，并不属于通常的烹饪方法。在许多其他的中国的扬州炒饭视频中，尽管也有部分运用了蛋液外衣的技巧，但最普遍的做法仍然是将鸡蛋做成炒鸡蛋，先盛出后再次回锅。而且大多数厨师会选择将鸡蛋炒至全熟。

这次调查我还用到了谷歌的图片检索功能。大多数扬州炒饭的照片中，米饭是白皙的，与黄色的鸡蛋形成了鲜明的对比。考虑到图片中鸡蛋全部是炒至全熟，原来制作炒饭的主流烹饪法并非蛋液外衣，而是要像这样。

下锅前已是粒粒分明

之所以在这一章写蛋液外衣，是因为我相信要想做出粒粒分明的炒饭，蛋液外衣必不可少。那么，没有采用蛋液外衣的扬州炒饭，为了实现粒粒分明又是在哪里下了功夫呢？

事实上，压根就没花什么特别的心思。从《美食台》的视频中可以看出，米饭在下锅时就已经是一粒一粒的了。

我怎么就没想到呢？

可能会有读者说："这应该属于常识吧？"不过还是容我解释一下。中国人食用的大米，除东北地区以外，基本上是以籼米（Indica）为主的。换句话说，与日本人常吃的黏性较强的粳米（Japonica）不是同一种米。由于这两种米的外形非常相似，以至于使我忽略了这个重要的事实。

在网上调查一下就能发现，用汉语写成的炒饭菜谱中，食材一项里写的大多是"籼米"。中国人做炒饭，普遍使用的应该是籼米。

虽然在名称上（Indica）指向印度，籼米却不似香米那般细长，属于椭圆形的中粒品种。这种米的黏性较低，不易粘连，外形上却与日本人食用的短粒品种——粳米有几分相似。

所以在中国，使用普通大米做米饭，直接便是粒粒分明的效果，因此也就无需进行任何特殊处理了。

不过可以肯定的是，炒饭的粒粒分明在中国同样是被看重的。前文中介绍过的马迟伯昌女士，就曾提到过一种名为"去汤法"的做米饭的方法：先将大米在锅里焯一下，滤去带有黏性的汤水，之后用蒸的方式将米做熟（*Sarai* 2007 年 2 月 1 日号）。由此可见，在中国也有人煞费苦心，只为将原本就不易粘连的籼米做得更加粒粒分明。

为把米饭染成金黄色

照这样说，中国是没有使用蛋液外衣的炒饭喽？其实不然。如果用"黄金＋蛋＋炒饭"的关键字去搜索，整体呈均一黄色的炒饭便会相继出现在眼前。

这些黄金炒饭大多是事先将米饭与蛋液混合后炒出来的，不过也有采用先将蛋液下锅，再迅速倒入米饭的"包衣式"炒法，以及与此类似的先炒米饭再淋蛋液的方式。为了令炒饭的色泽更加鲜艳，部分厨师还会选择只使用蛋黄进行包衣。

此前我会不自觉地认为，事先将米饭与生鸡蛋混合的技巧是日本独创的，因为这种料理方式像极了日本独有的饮食文化"生鸡蛋拌饭"，但实际上，它的根在中国。

前文中提到，曾兆明曾在日本为"黄金炒饭"申请注册商标。在曾兆明担任顾问的餐厅"阿里郎"的主页上，曾有过这样一段意味深长的文字："黄金炒饭"的传承，源自炒饭制法里的秘诀"金里银"（2018年3月网站更新后已不可见）。相传这种制法始于清乾隆年间，而关于"黄金炒饭"，网页上是这样介绍的：

"曾兆明之父曾文华，以'金里银'的制法为基础，添加伊势龙虾味噌与蛋黄后，制成了'黄金炒饭'的原型。曾兆明自幼随父学习料理技艺，12岁起习做炒饭，经不断磨炼，完成了现今的'黄金炒饭'。"

乾隆帝的在位时间是 1735—1795 年。换句话说，早在200 多年前蛋液外衣便已存在于世。

此外，一如该料理得名"黄金炒饭"，蛋液外衣在烹饪中的作用应该是为米饭染上金黄色，而并非一种令粘连的米饭粒粒分明的技艺。

不推荐使用新煮成的米饭

重新回到周富德的话题。蛋液外衣理论出现于 20 世纪 90年代，但是一如前文中写到的，点燃 90 年代炒饭热潮的周富德本人对蛋液外衣却不以为意。那么他又是运用了怎样的诀窍，才让炒饭变得粒粒分明的呢？

在《周富德·富辉的职人味道 炒饭·煎饺·烧麦的美味制作法》这本书中有一篇名为"周氏兄弟特别传授 制作出美味的秘诀"的专题，作为用红字标注的"要点"，里面有这样一段文字：

"做炒饭的米饭，应是在饭缸中保温过一段时间的。刚刚煮好的和彻底冷掉的都很难成粒。"

这一结论与第一章的实验结果是一致的。

出版于 1995 年的《父周富德·子周志鸿 一本关于炒饭的

书》中也写到了"米饭应选用保存在电饭煲里的"。

此外，"由于挥发掉了多余的水分，（使用保温米饭）能够做出粒粒分明的优异口感；冷饭用微波炉加热一下，也会变得容易散开"。

进而，"选用进口大米（籼米）能做出粒粒分明的口感；使用国产大米时，不要用刚刚煮好的米饭，而是要等饭凉一些，挥发掉一定水分后再做（炒饭）"。

从一开始就选用不易粘连的籼米，使用粳米的话也要在炒前减少其水分，换句话说，周富德的想法是在备料阶段便将饭粒分开，而并非在烹饪过程中使用蛋液外衣。

粘嘴的炒饭到底是哪里不好了？

那么蛋液外衣理论究竟从何而来呢？

是 90 年代日本的中华料理人突发奇想的吗？应该不是。我记得小时候在中华料理店吃到的炒饭的饭粒上就泛着一层薄薄的黄色，感觉像是被鸡蛋包裹住的。

然而此前的调查显示，90 年代以前，家用菜谱中并无关于蛋液外衣的记述。这种与记忆的不相符又该如何解释呢？

据我推测，事情恐怕是这样的。

炒饭作为中国的一道家庭料理，顾名思义就是用油炒过的米饭。而鸡蛋作为辅料，炒熟后与米饭混合才是它原本的定位。最早于明治时期传入日本的炒饭菜谱，应该也是沿用了这样的做法。

然而随后发生的事却是始料未及的。使用日本大米并不能做出正宗中国炒饭那样粒粒分明的样子。在同一时期，黏性较弱的籼米以"南京米"的名称进入日本，但由于不合日本人的口味，很快便从市场上消失了踪迹。出于这样的原因，日本人在做炒饭时基本上只有日本大米可选。

那么这样的结果又带来了哪些麻烦呢？在我的设想中，至少对普通家庭来说应该是毫无问题。日本人自古以黏性较高的大米为食，对那种黏稠的口感可以说是喜爱的，因此就算炒饭不是粒粒分明、吃起来黏黏糊糊的，想必也不会认为有何不妥吧。

出现类似情况的，便是于1955年开始大量生产的国产意面。这种意面并非以意大利人通常使用的粗粒硬质小麦粉（由胚乳较硬的硬质小麦粗磨而成）为原料，而是采用了生产面包用的细磨高筋面粉。鉴于其柔软顺滑的口感，国人们就像认为意面理应如此一样接受了它，并借助其柔顺的特性，发明出了"那不勒斯"等一系列日本人独创的意面吃法，并为人们所乐道。

倘若当初直接销售由粗粒硬质小麦粉制成的意面，反而可能因其不甚亲民的口感而被贴上"不好吃"的标签，遭到人们的排斥。

无法粒粒分明的炒饭便是同国产意面一样，自然而然地走进了千家万户，以至于比起餐馆里粒粒分明的口感，至今仍有人对稀糊糊的"母亲的炒饭"情有独钟。尽管不是一粒一粒的，却不会有人因此而觉得它"难吃"。

进一步说，这和大米的品种也有关系。黏性较强的"越光米"问世于1956年，渐渐博得人们喜爱是在60年代，而超市里只上架黏性大米的现象，则是90年代以后的事了。在那以前用来做炒饭的米饭，黏性应该比不上现在，即使看上去大同小异，吃起来也不会有现在这般粘嘴。

而在战前，由于精米技术的落后，人们食用的大米更接近于如今糙米的标准。这样想来，"因米饭太黏而烦恼"的情况，在当年应该不存在吧。蛋液外衣理论的出现时间，与市场开始仅供应黏性大米的时期相吻合，这恐怕并非偶然。"急需一种能够令炒饭粒粒分明的技巧"，这或许是只有在现代日本才有幸一见的"国民忧患"。

使用日本大米需要额外花些心思

但是毕竟，所谓的问题不大仅仅是对普通家庭而言。对于需要在日本制作并提供正宗中国料理的人来说，这无疑是个大麻烦。

1859年横滨港对外打开以后，定居于当地并开始经商的华侨以广东人居多，长崎和神户的华侨则多为福建人，但不论是广东还是福建，饮食文化都由籼米所支配，炒饭都是这两地的家常菜肴（提起福建省，或许会令人想到经过勾芡的福建炒饭，但那据说是香港人发明的料理，在福建是不存在的。福建人吃的炒饭就是最普通的炒饭）。

不难想象，众多华侨家庭对于日本大米做出的粘嘴炒饭是手足无措的，而提供正宗中国料理的各家餐馆，对此恐怕也是头疼不已。

为了解决这一难题，首先想到的便是进口籼米。然而自1921年起，日本开始在全国推行《米谷法》，进而于1942年出台了《食管法》。直到1995年在乌拉圭回合谈判中签署关贸总协定，由于长期以来全面禁止大米输入，日本的大米进口量始终被限定在了国内消费量的4%这一底线上。

如果只是为了家里有籼米可吃，对于在贸易场上涉猎广泛的华侨来说或许不算难事，但是对于需要大量消费大米的中华料理店来说，要想确保一个稳定的输入渠道就不那么容易了。这样一来，使用日本大米也能做到粒粒分明的技巧便必不可少。

窍门之一，应该就是借鉴了用蛋液包裹饭粒的技法。虽说这样做原本是为了把米饭染成金黄色，但是料理人凭经验就能了解到，该技法同样具有将饭粒分开的功效。利用这种方法令籼米炒饭更加粒粒分明的中国厨师一定也是有的。日本的料理人则运用该技法解决大米的粘连问题。

从 1968 年关于似内芳重的报道中就可以看到，利用蛋液外衣获得粒粒分明的技巧在日本确实是存在的，并曾为人所使用。

当然了，令米饭粒粒分明的技巧并不仅于限蛋液外衣这一种。同样是使用粳米，如果煮得略硬些，或是煮好以后将其放凉，挥发掉水分，黏性也是可以被抑制的。想必就曾有料理人利用这种方法，以黏性较低的粳米饭为原料，并使用超强火去烹饪，成功避免了粳米炒饭粘嘴的口感吧。

这些料理人将含水量较少、黏性较小的饭粒以强火烹饪，早在蛋液外衣理论兴起以前就做出了粒粒分明的炒饭。周富德对蛋液外衣只字不提，只建议挥发掉米饭的水分或是改用籼米，大概便是以此为依据吧。

存在过，但未在历史上留名

选用黏性较小的米饭并用超强火烹饪也罢，运用蛋液外衣的手法也罢，说到底，这些都是职业厨师的选择。

而在职业料理与家庭料理严重分道扬镳的昭和时代，其实曾有过只面向家庭的炒饭菜谱（例如四川饭店的陈建民、帝国饭店的村上信父等一些知名料理人，在电视上亮相时都曾介绍过他们"特意"研究出来的，与自己在店里掌厨时做法不尽相同的家用菜谱）。

按照当时的家用菜谱，鸡蛋需在炒至全熟后盛盘，并在炒过米饭后回锅（就连似内芳重在自己的料理书中也推崇这种做法）。换句话说，是对中式做法的完全沿用。

而当年的料理研究家们，对在家里做出粒粒分明的炒饭并不执着，由他们介绍的炒饭做法，大概也是直白地对中式菜谱的翻版吧。而对黏软口感一向宽大为怀的日本人，即使炒饭粘成一团也不会有何不满，照样吃得津津有味吧。

然而在进入八九十年代后，饮食潮流发生了转变。随着大众生活富足起来，美食杂志和美食节目开始成为人们追捧的对象。"让大厨的味道走进家庭"的需求应运而生，过去只在后厨中得以施展的技艺，如今变得备受瞩目。

也是在这一时期，曾经只要吃到柔软的意面便心满意足的食客们，开始追求仿佛能令自己置身于意大利的"正牌意面"（事实上，自80年代后半开始，国产意面厂商便逐渐放弃了高筋面粉，改为使用纯正的100%粗粒硬质小麦粉）。

当时，来自不同领域的料理人频频在各式媒体上亮相，争相介绍自己的独门绝技。其中便有了"为炒饭裹上蛋液使其粒粒分明"这种在中华料理人之间无人不晓的技巧。该手法就这样被命名为"蛋液外衣"，并且一夜间红透了全国上下——虽然这画面是存在于我臆想中的，不过在我看来事情便是如此。

蛋液外衣的技法在料理职人的世界中自古有之，只是在 90 年代经人介绍、走入家庭以前未得其名。

当蛋液外衣理论可以使用普通剩饭进行实践时，另一种"令粳米炒饭粒粒分明的技巧"却需要在煮米阶段就控制好米粒的含水量。从这点来看，还是蛋液外衣更适合寻常人家。

用蛋液外衣的意义

到此为止，我们只是口头地把蛋液外衣当成一种能使炒饭粒粒分明的技术来介绍。差不多该用实验去验证了。

首先是代表了昭和时代的传统做法：炒鸡蛋，盛出炒鸡蛋，炒米饭，再让鸡蛋回锅。如果这样能炒得粒粒分明，大可不必大费周章地琢磨什么蛋液外衣。

食材的分量和料理方式与"基础烹饪法"保持统一。我试着做了一次，做成的炒饭非常软糯，口感酷似在铁板烧店、汉堡店和牛排店里吃到的蒜香饭，整体油乎乎的，缺乏嚼劲儿。饭粒表面的粘着力强，彼此之间粘得很紧。就结果来说绝对不至于令人难以下咽，但是和在中华料理店里吃到的粒粒分明的炒饭不是一种东西。油腻感较重，特别是在饭凉了以后，会变得尤为明显。

就算退一百步说，这样的结果也无法称为粒粒分明。蛋液外衣果然是不可或缺的。

那么，蛋液外衣究竟要如何穿上去呢？用不同火候的鸡蛋去包裹饭粒，在效果上一定会产生相应的变化。为了方便对比，我一共炒了三份。

首先是遵照"基础烹饪法"，先放鸡蛋，调整一次呼吸后放入米饭。虽说鸡蛋并未完全凝固，但是部分已经过火烤，此时倒入米饭，饭粒会呈现出"成功着衣"和"一丝不挂"两种状态。就像之前写过的，虽然不似店里那般粒粒分明，但已有几分形似。

其次是事先将米饭与蛋液混合的方式。由于下锅之前米饭已完全被蛋液包裹，炒完以后是如假包换的一粒一粒的，只不过吃起来不是粒粒分明的感觉，而是零零散散的，整体偏柴。

最后一种是先炒米饭，然后从上方淋蛋液的方式。结果与使用"基础烹饪法"时类似，同样会出现裹上蛋液和未裹上蛋液的情况。若是在翻炒米饭一分钟后的时点加入蛋液，此前粘在一起的饭粒会被溶开。似乎晚一点加入蛋液对粒粒分明同样有效。

这样做出的炒饭，同样令人联想到蒜香饭的软糯口感，而这似乎是因为直接在油洼里炒米饭导致的（至于得到的口感为何是软糯的，这个问题将在第3章中予以解答），饭粒表面的粘着力强，容易抱团。

使用第三种方法很难均匀地将蛋液混入米饭。未经包衣的饭粒最终会粘在一起，难以称为粒粒分明。软趴趴、油乎乎的口感也将极大地挑战食者的偏好。

蛋液为何能使米饭粒粒分明

对 3 种类型的蛋液外衣进行对比实验后，成果是显著的。我们了解到即使在米饭粘成一团的情况下，添加蛋液仍能使其解开。把蛋液外衣当作"马后炮"来使用，同样有效。

利用这则经验，或许能发明出一种"偏门技巧"。譬如在按照"基础烹饪法"操作时，眼见米饭抱团了，可以额外添一份蛋液，来稍稍缓解粘连的状况。今后再遇到这种看似无法挽回的情况时，也不至于前功尽弃。

话说回来，为何蛋液具有防止米饭粘连的功效呢？

我们可以回想一下过去吃"茶泡饭"时的情形：把水浇在粘成一团的米饭上，饭粒便自然而然地散开了。因为当水渗进饭粒之间时，相当于粘着剂的米糊就被水溶解了。蛋液中 76% 是水，因此可以达到异曲同工的效果。

水和蛋液虽然都能使米饭散开，但若把它们同时架在火上，结果却大为不同。兑了水的米饭受热时，米饭中的淀粉会拉拢水分子，导致自身结构遭到破坏，形成糊状。米饭因此化成黏糊糊的一摊，令人无计可施。

但在加热蛋液与米饭的混合物时，情况却不大一样。不等蛋液中的水分令淀粉像浆糊一样黏稠，包裹着饭粒的蛋白质便已凝固。由于凝固后的鸡蛋是不具有黏性的，穿上蛋液外衣后，饭粒之间便不再互相粘连，因此也就不会像加热"茶泡饭"那样变得一发不可收拾。

换句话说，蛋液会顺应环境需要，分别调用两种成分。首先驱使水分解开米饭，之后利用凝固的蛋白质防止饭粒再次粘连。可以认为，这前后两阶段的分工协作，便是蛋液外衣的作用机制了。

在上一篇中进行的第二次实验，即事先将蛋液与米饭混合的做法中，我们首先利用蛋液中的水分将米饭彻底解开，之后通过加热使蛋白质凝固，令米饭保持粒粒分明的状态，便是最大限度地利用了蛋液防止饭粒粘连的能力。

在采用"基础烹饪法"时，我们趁蛋液尚未完全凝固时放入米饭，利用蛋液中尚存的水分将饭粒分开，但由于蛋白质已经迅速凝固了，粒粒分明的效果无法像第二次实验时呈现得那样均匀。

而在第三次实验中，放入蛋液时米饭已经过翻炒且吸满油脂，换句话说质地已经变得绵软无力。此时就算蛋液中的水分能在一定程度上解开米饭，蛋白质也会很快凝固，结果同样是粒粒分明的效果不甚明显。

以上的分析，便是三种做法造成三种不同效果的原因所在。

复杂多变的口感同样是美味的关键

那么，若问这三种炒饭哪种更好吃，我会选用"基础烹饪法"完成的那盘。这当然也要归功于特大号的铁锅，用它做炒饭更容易实现粒粒分明，也更接近于餐馆里的味道。

不可否认，用第二种方法做出的炒饭更干爽，更有借助蛋液将粒粒分明发挥到极致的实感。但是话说回来，炒饭这种料理，并非只要做到饭粒互不粘连就万事大吉了。

用这种方法做出的口感是偏干和偏硬的。想必是蛋液混合得过于均匀，以至于覆盖在饭粒上的蛋液薄膜过薄，稍经加热便炒过了火候。

再有就是整盘炒饭，每一口都是统一的味道，这点也令我不甚满意。事实是，过于均一的味道反而会让人觉得不够好吃。若是直接将蛋液倒入锅中，不同位置上蛋液的厚度和受热均不相同，会使火候产生微妙的变化，软硬结合营造出味觉上的层次感，而这种体验便是好吃。

同样的道理对蛋液外衣也是适用的。当采用"基础烹饪法"在蛋液尚未完全凝固时放入米饭，饭粒会同时呈现出裹了厚厚一层蛋液的、裹了薄薄一层的、只沾上一部分的、白到一丝不挂的等不同形态。而关于美味的体验，正是诞生于如此复杂多变的口感之中。

至于第三种做法，在蛋液与饭粒相结合的复杂程度上，与"基础烹饪法"是一致的，但就像之前写到的，缺乏嚼劲儿的口感令人介意。还有用这种方法做出的鸡蛋，不但咬起来更硬，滋味也有所不足。

采用"基础烹饪法"时，鸡蛋是直接在油里炒的，因为吸收了油脂，质地更松软。但是在第三种做法中，油全部炒进了饭里，鸡蛋相当于干烧，由于缺少滋润而变得干瘪。口感上的落差想必就是由此而来的吧。

王道炒饭的 4 个条件

那么在我的想象中，怎样的炒饭才算是"王道炒饭"呢？

我理想中的王道炒饭，应该是从小到大在各家餐馆里吃到的各种炒饭的集大成吧。因为自幼生活在神奈川县，横滨中华街我应该没少去，炒饭也应该没少吃。

大学时代，我住在月租 2 万日元的公寓里，经常去下北泽的中华料理连锁店吃炒饭。记得一份大约 200 日元，量很少。店家的意思是让你和其他料理搭配着吃，但是我手头不富裕，向来只点炒饭。

我清晰地记得自己坐在吧台上，观察后厨的情形。只见大厨用炒勺舀起一大勺调味料，唰地丢进锅里，着实把我吓得不轻。"用得着放这么多吗？！"我心想。

这些关于炒饭的味觉记忆朦朦胧胧地搅在一起，又不断有新的体验被替换进来。由于正是这些模糊的记忆构成了我对"王道"的概念，即使我能在一定程度上把炒饭做得粒粒分明，某个不清不楚的感觉也会告诉我"反正有哪里做得不对"，或许我心里向来就不存在一个清晰的评价标准吧。

事到如今，我迫切需要的是一个全新的起点，以及一个明确的方向。在重新品尝了若干家评价颇高的炒饭后，在此，我将试着列举出我想要实现的王道炒饭应具备的条件：

· 粒粒分明的

· 粒粒烫嘴的

· 喷香四溢的

· 不油不腻的

前方的道路似乎因此变得更加清晰了。

粒粒分明其实是邪门歪道

我们首先来看"粒粒分明"。在众多关于炒饭的书籍和杂志上，将"粒粒分明"与"好吃"画等号的做法俨然已成为被默许的常态。但是，能够让"粒粒分明"摇身一变成为"美味"

的代名词的，在日本也就只有炒饭了，想来着实是件奇事。

市场调查公司 BMFT 曾在 2017 年针对"能令人感到美味的词汇"进行过一项调查。调查结果显示，在各类表现口感的词汇中，最能激起人们食欲的是"软糯"，随后依次是多汁、酥脆、入口即化、劲道、松软、Q 弹、爽滑、暄腾等等。

把这些词列在一起便不难发现，用来形容柔软和具有黏性的词汇非常之多，而这样的口感才是能令日本人感到好吃的口感，相比之下，粒粒分明反而成了非主流。

会有这样的结果，想必是粳米自古以来占据主食地位，对日本人产生了深远的影响。对于从赤道附近迁徙到北方的日本人的祖先来说，这种生长在寒冷地带、带有黏性的大米是他们获取能量的主要来源。既然是令生命得以延续的重要口粮，日本人会爱屋及乌地忠于其黏软的口感也就不足为奇了。

然而，世界大米产量中籼米占了八成，即使是在食米文化的国家中，日本也属于少数派。

根据我个人的经历，不论是东南亚人、南亚人，还是欧美人、中南美人，我在海外遇到的绝大多数人，对这种带有黏性的大米都谈不上喜欢。"Oh, sticky rice"，有时甚至会招来鄙夷的目光。归根结底，全世界人都打心眼地不喜欢发黏的食物，因为那会让他们联想到腐坏的东西。

本来嘛，对于常年食用"干米饭"的人来说，米饭开始发黏的时候，便是它馊掉的时候，所以对发黏的米饭自然是死活不会接受的。

如今随着日式料理席卷全球，不少外国友人也变得能够体会紧实、黏糊的大米的美味之处了，但是在 25 年前我辗转于世界各地的时候，情况一如前面所述。

可以这样说，日本人对于黏软口感的喜好，是世界上的一朵奇葩。从这层角度讲，粒粒分明与日本的传统饮食文化是颇有些格格不入的。不如说它是一种普世的、由大海对面输入日本的价值观。

"外软内硬"与"粒粒分明"

由海外传进来的概念在本土获得了公民权，不知从何时起摇身一变，成了"日本人的常识"。人们说炒饭应该"粒粒分明"，就和说意面应该"外软内硬"是一个道理。

对于任何一个生活在昭和时代的人来说，一盘"软到没魂儿"的那不勒斯肉酱面，绝对能让你吃到心花怒放。人们不但不嫌弃它软糯的口感，反而会认为这才是符合日本人饮食偏好的意面应有的形态。

然而在 20 世纪 80 年代，日本国内的饮食潮流发生了极大的转变。从小吃"那不勒斯"长大的我，上高中以后开始听到不同的声音——"面条的中心部分应该保留一点嚼劲儿，否则就不配叫意面了"。

这种煮法在意大利那边可是常识——美食家和文化人开始对此高谈阔论。不煮成外软内硬就有失体面了；吃没魂儿的意面就是丢人现眼。风向标在一夜之间来了个急转弯。明明在不久前吃"那不勒斯"还是一件令人幸福的事。

不过实际品尝以后，用正宗煮法煮出来的意面确实是好吃。带有嚼劲的意面适度地刺激着口腔，嚼起来有种无法言喻的快感。

恐怕人们对炒饭的态度也是这样，在此前的某个时代发生过类似的事吧。广东人和福建人开始提倡"不是粒粒分明的炒饭不足以称为炒饭"，喜欢把自己打造成样样精通的日本人也开始循声附会。

此前对水兮兮的炒饭没有任何不满的大众们这下也动了心思：既然已经把话说到了这个份上，粒粒分明的正宗炒饭肯定是要尝一尝的。干爽又烫嘴的炒饭，每一粒都能为口腔带来愉悦的感受，确实好吃。就这样，一种"炒饭必须要粒粒分明"的价值观开始在全日本蔓延，并得到了认可。

天生喜好软糯的日本人，唯独在谈及炒饭时对粒粒分明情有独钟，背后的原因或许不过如此。此外，含水量较多的"湿炒饭"最近开始流行，这应该和近年来那不勒斯意面获得"平反"的情况是同样的。

既然柔软的"那不勒斯"可以重新受人垂青，软糯炒饭的美味也应该再获殊荣才对，然而，大多数餐厅依然坚守着粒粒分明的志向，就连我自己的价值观也是被粒粒分明洗礼过的。既然是以做出"王道炒饭"为目标，粒粒分明到底令我无法割舍。在《书房里的意大利面哲学家》中我曾一心追求"外软内硬"，那么在本书中我也将对"粒粒分明"死心塌地。

粒粒烫嘴，不觉油腻

在前一篇中我们对粒粒分明进行了深入的探讨，下面是对其余三个条件的说明。

王道炒饭不可缺少的第 2 个条件，是粒粒烫嘴的口感。

一边吹气一边把刚刚做好的炒饭送入口中，炙热的温度同样是为口腔带来快感的一大要素。

何况烫嘴的温度还能够抑制油脂的黏性。温度越低越粘嘴的油脂，在高温情况下也可以变得油而不腻。

不仅如此，热腾腾的炒饭还会腾起热气，喷香的味道就含在那里面被送入鼻腔。

随着热气向上攀升的香味，正是王道炒饭的第 3 个必要条件。

米饭和辅料被轻度烤焦的味道，以及从鸡蛋、大葱、油脂中散发出的香气，这些嗅觉刺激混合在一起，才终于让人有了一种"是在吃炒饭！"的实感。

王道炒饭的第 4 个条件是不油不腻。

换句话说，不粘嘴的清爽口感。这不仅需要借助烫嘴的温度降低油的黏性，还应注意不要让米饭吸入过多的油脂。

将这四重条件一一突破的过程，便是朝向王道炒饭步步逼近的过程，同时也意味着研究课题的攻克。

不粘锅做炒饭不够烫嘴

到此为止做炒饭，我都是按照"基础烹饪法"，待油烟腾起以后把食材丢进滚烫的铁锅，然后一鼓作气将其完成。同样是做炒饭，我们平时在家使用的不粘锅（特氟龙涂层锅）能否胜任呢？

上一章中对炒锅进行筛选时，不粘锅可是连候补的位子都没捞到。因为当时看重的是炒锅的最大火力，以及保持高温不落的能力，而不粘锅的特氟龙涂层是不耐高温的。

可是不粘锅当真做不了炒饭吗？出于严谨的态度，我认为有必要用实验结果来说话。高温烹炒无疑是使不得的，不过不粘锅在低温环境下的表现仍需加以验证。

我使用的不粘锅，是在市面上备受推崇的品牌"特福（T-fal）"。这种平底锅的中心印有红色的圆形"提示标识"，当温度达到180～200度时会改变颜色。据说处在这个温度区间时最适合将食材下锅。提示温度是为了方便使用者把菜烧得更好吃，但同时也能起到防止过度加热、避免涂层受损的作用。

我按照锅底的提示，将油锅烧热至200度左右时倒入蛋液和米饭，用"基础烹饪法"炒了一次。当然不是用强火，而是用较弱的中火。和预想中的一样，无法像用铁锅进行高温烹炒时那样粒粒分明。

随后，我又尝试用预先将蛋液与米饭混合的方式炒了一次。向平底锅里倒油，达到200度后放入食材。持续受热一段时间后，饭粒开始彼此分开。由于火势较弱，烹饪的过程势必要被延长。烹炒约5分钟后，整锅炒饭呈现出赏心悦目的粒粒分明的状态。

虽然普遍认为"火弱则粘嘴"，不过用这种方法做炒饭却不会。因为运用了事先混合的技巧，大概每一粒米都有被蛋液完全包裹吧。

至于味道嘛，还不错。此前对3种裹衣方式进行比较试验时，事先将蛋液与米饭混合后炒出来的口感是偏干偏硬的，但这次没有。看来那果然是由蛋液薄膜在瞬间受强火加热导致的。

味道虽然不坏，却另有严重的问题暴露出来：烫嘴的感觉不到位，以及由此造成的炒饭应有的香味荡然无存。

这锅炒饭出锅时的温度是80度，盛盘后温度迅速下降。

相比之下，用铸铁平底锅完成的不输给店里的烫嘴口感是 88
度，而且这个温度"经久不衰"。炒饭若不能达到这个热度，
美味果然是要大打折扣的。

即使能使饭粒互不相连，中火烹炒也绝对做不出"粒粒烫
嘴"和"喷香四溢"的炒饭。因为有两项必要条件无法被满
足，所以至少在本书中是没有使用不粘锅的选项了。

蛋液一定要最先下锅

作为本章考察蛋液外衣的结论，我们是否获得了某种"道
具"，能帮助我们做出王道炒饭呢？

首先，作为大前提我们了解到，历史上不曾使用蛋液外衣
的炒饭做法其实不计其数。这是一项重要的发现。如果选择不
使用日本大米，那么烹饪方法也会随之改变。

在认识到这一点后，若仍然选择使用日本的黏性大米，你
将切实感受到蛋液外衣所带来的巨大效果。

关于蛋液外衣的操作方法，在时机上似乎是"先放蛋液"
做出来的炒饭最有"炒饭味儿"，也最有粒粒分明的感觉。虽
然在实验中走了许多弯路，就结论而言"基础烹饪法"仍然是
最佳之选。

我们还了解到，使用不粘锅无法做出烫嘴的口感。做炒

饭，强大的火力果然必不可少。因此在今后的章节中，用高温加热铁锅有望成为标准设置。

　　此外，"后放蛋液"可以解开已经结块儿的米饭，这也是一项发现。考虑到其作为"偏门技巧"在烹饪中发挥的作用，我们同样有理由将它记录下来。

第 3 章

多放油，效果更好？

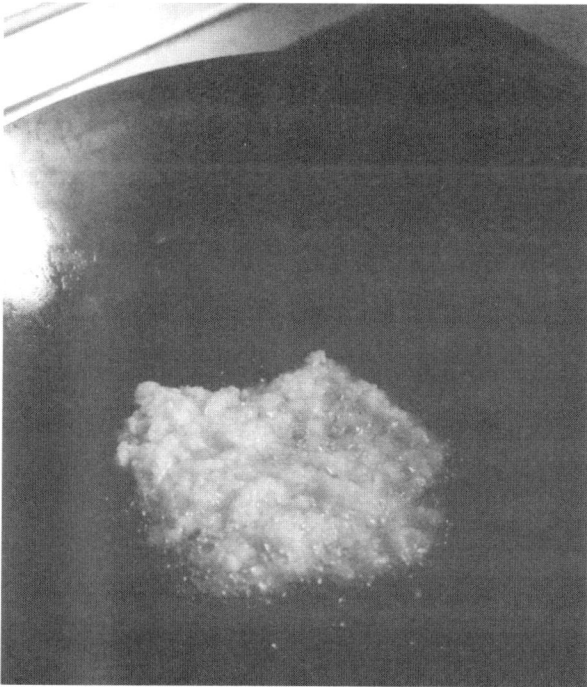

油的用途

　　制作炒饭时，油所扮演的角色到底是什么呢？如果不倒油便向滚烫的铁锅中倒入蛋液和米饭，瞬间就会糊锅。在糊锅的问题上，中式炒锅这一类铁锅永远要比不粘锅更容易糊锅。可以说，这世上如果没有油，也就没有了铁锅的用武之地。

　　那么，为何在锅中倒油就可以防止食材与铁锅亲密接触呢？

　　佐藤秀美在《成就美味的"热"的科学》（柴田书店）一书中指出，食材会粘在铁锅上的原因，其实出在了会与金属相结合的水（吸着水）身上。

金属是具有亲水性的。向不放油的铁锅中放入食材，食材中的水分便会在第一时间与铁锅表面接触。由于这些水分是与蛋白质和淀粉共同存在的，当这些物质随水分一起附着在锅的表面时，便会被迅速烤焦。

作为一种防止糊锅的窍门，我们会被建议在放入食材之前彻底将锅烧热。这样做是为了把铁锅表面的水分提前蒸发掉。只要把水分除净，便能有效地抑制糊锅的发生。

话虽如此，大部分食材都是自带水分的，因此在食材下锅后，锅里的环境又将退回到一个容易产生吸着水的状态，粘锅、糊锅不过是时间的问题。

这时候就轮到油大显身手了。向除净吸着水的锅中倒油，锅的表面便会形成一层油膜，在一定程度上防止食材中的水分

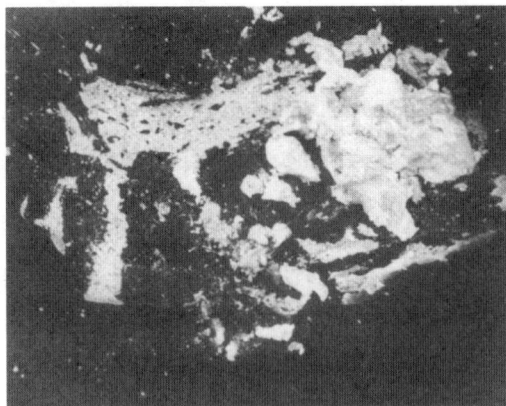

不倒油的情况下，鸡蛋会粘在锅底上

与铁接触，减少吸着水的产生。

进一步讲，如果食材下锅以后锅的表面仍能维持高温，水分在接触到金属的瞬间已被蒸发，吸着水就更难存留了。因此高温环境下，由于食材难以与锅面贴合，糊锅的概率将大幅降低。

除了能防止食材与锅粘在一起，油还有着另一项功能：避免食材之间的粘连。

举例来说，用油翻炒米饭，饭粒便会散开，因为饭粒被油包裹住了。那么，这种"油脂外衣"能否在做炒饭时为我们所用呢？

只有强火才能做出粒粒分明？

如果只用油来炒饭，会做出怎样的炒饭呢？我们常能见到这样的观点：光放油是不行的，还要结合强火才能做出粒粒分明的效果；弱火做炒饭只会又黏又湿。于是我进行了一项实验，检验强火与弱火带来的差异。

具体来说，便是用 1 大勺油烹炒 200 克保温米饭 1 分 30 秒。我们已经在第 2 章中领教了蛋液外衣带来的粒粒分明的效果，而在本次实验中，我们将不使用鸡蛋，以便在去除其影响的情况下，只对油脂的效果进行最直观的确认。

首先是强火。向加热至 350 度的铁锅中倒入米饭,温度旋即下降到 240 度。相比米饭随鸡蛋一起下锅时跌落至 170 度,这个温度已经相当可观。看来鸡蛋才是温度低的元凶。

参照第 1 章的实验结果,当温度维持在 230 ~ 250 度时,粒粒分明将是一个可以预见的结果,看来这次 240 度的表现同样可以期待。下锅后不久,米饭开始自动散开,不知是否是"油脂外衣"起了作用。

然而,随着时间的推移米饭渐渐结成了块儿。如此翻炒 1 分 30 秒后,粒粒分明的感觉已经荡然无存,随处可见黏糊糊的饭粒粘在一起。看来即使温度达标了,只炒米饭的话也无法做到粒粒分明。

想不到少了鸡蛋,米饭竟会如此的纠缠不清。即使有了 240 度的高温保障,如果只用食用油去炒保温米饭,想实现粒粒分明也是非常困难的。说到底,如果不能使用蛋液外衣的技巧,或是事前挥发掉米饭中的水分,想要做出粒粒分明的炒饭似乎是不现实的。

接下来是用弱火,但这边的情况只能用"更悲惨"来形容。

首先用高温加热法除去吸着水,待锅冷却以后再次以弱火起火。干烧超过 15 分钟后,锅内温度仅达到 220 度。考虑到 350 度的起始温度遥不可及,我决定此时就放入米饭,之后温度下降到 180 度。

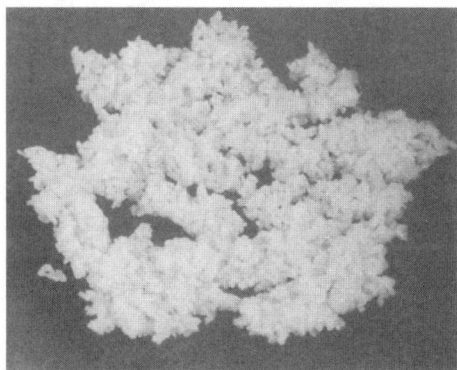

使用强火干炒米饭，只会把米饭炒得又干又黏

　　和预想中的一样，饭粒会暂时分开，但随着翻炒又会重新粘在一起，而且结块的现象较之使用强火时有过之而无不及。

　　从对比试吃的结果来看，用强火做成的炒饭依然是"成粒的"，口感偏软、偏干。而用弱火做成的炒饭，粘连的情况则要更严重，口感绵软，且粘嘴，想必是因为贫弱的火力无法消耗掉饭粒中的水分吧。但不管是哪盘炒饭，和粒粒分明都相差甚远，在味道上也毫无可取之处。

　　结论是显而易见的，粒粒分明无法靠弱火实现，而即使是用强火，仅靠油脂的话同样捉襟见肘。油脂外衣的假设并不成立。

为何说延长烹饪时间不可取

同样是用弱火，如果把烹饪的时间延长，结果会怎样呢？时间的延长，意味着米饭获得总热量的增加，那么水分也应该相应减少才对。所以说炒得越久，饭粒就越容易分开，会不会有这种可能呢？

想到这里，我决定用弱火一直炒下去试试。

和此前一样，粘锅的现象仍然不可避免，但我决定不予理会。很快，饭粒表面开始变得又湿又黏，彼此间粘得愈来愈紧。我赶紧用炒勺翻炒，但每搅一次都让更多饭粒粘在一起，最终结成了一个大块儿。如此炒上 6 分钟后，相比此前的 1 分半钟，湿软的程度反而严重了许多。

用弱火长时间烹炒，会使米饭粘成一团

抱着怀疑的态度，我也用强火长时间炒了一次。结果米饭果然变得越来越黏，粘在一起的饭粒越来越多。强火虽然能更好地除去水分，但只是让饭粒在互相粘连的状态下变干而已，并不能有效地令它们分开。

不论是用弱火还是强火，延长烹饪时间都只会让米饭变得更加黏软。这究竟是为什么呢？

把大米浸泡在水中煮，水分子便会钻进淀粉分子的间隙，淀粉的结构因此而瓦解并发生"糊化"。这便是大米由"米粒"到"饭粒"的变化原理。水分在米粒中约占 15%，在饭粒中却可达 60% 左右。从这个角度讲，说米饭是黏性增强后的大米也未尝不可。

炒饭则是以糊化后的米粒为原料，经进一步加热后做成的。换句话说，饭粒在烹饪中经历了进一步的糊化。听到"糊化"一词，人们想到的大多是"添加水、和成糊"的画面。但即使不加水，只用油去炒，米饭同样会糊化。

毋庸置疑，加热饭粒会使水分蒸发，而水分的减少对糊化有抑制作用。特别是在直接与锅接触的地方，饭粒表面会因脱水而变硬，换句话说，变得粒粒分明。此外，由于饭粒中含有大量水分，水分流失的过程本身就对糊化有促进作用。绵软的口感便是由此产生的。

进一步的持续加热，使饭粒在脱水的同时进一步糊化，变得更具黏性。又湿又黏的饭粒，在失去水分后黏度却并未下降。制作炒饭时，饭粒的变干与变黏是同时进行的。

只不过，变黏，也就是糊化的过程相对缓慢。因此若能迅速令饭粒的表面变干，在短时间内完成炒饭，就可以避免变黏和粘连的情况。换句话说，只要让米饭赶在变黏之前逃离热锅就安全了。

然而，我们平时吃的粳米，尤其是近来的品种，黏性非常之强，用通常方法煮成的米饭，不论用多强的火去炒都无法达到粒粒分明的效果。用强火也好弱火也好，炒得时间短也好长也好，最终都难逃粘成一团的命运。

使用夸张的油量去烹炒

也许有人会想，如果使用大量的油去炒，迅速令饭粒表面变成酥脆的油炸状态，是不是就不会粘连了呢？实际上，我在网上找到的一篇题为《以炸代炒》的文章中，介绍的正是这种理论。

一听说要使用"大量的油"，我不由会想起"这么多油！你开玩笑吧！"这句台词。这句对白出自漫画《破烂街》（山田穣，幻冬舍 comics）中制作炒饭的一幕，曾在部分炒饭爱好者之间受到热议。漫画中提倡的，正是要使用令人惊叹"你开玩笑吧！"的大量的油。

不难想象，如此做成的炒饭肯定会比通常的炒饭油腻，而油腻的口感可能会令美味大打折扣。但是不管怎样，一切都将以实验结果为准。

话说回来，能令人惊叹"你开玩笑吧！"的油量，究竟是多少呢？该不会有炸天妇罗时那样多吧？

经过一阵冥思苦想，虽然是主观结论，我认为那应该远远超过平时炒菜的用量，但又不及油炸，于是把油量定在了100毫升。即使是向锅里倒入100毫升的油，也是需要很大勇气的。

向锅中倒油，开强火。这次实验同样会将鸡蛋排除在外。除了油量与鸡蛋外，其余方面与"基础烹饪法"一致。

当铁锅直接接触火焰的部分达到350度时，一边留意着不使油飞溅，一边缓缓将米饭下锅。我试着用炒勺去搅，然而饭粒就像在油池中游泳一样，转眼就散开了，我见状在心中窃喜。谁知过了大约30秒，一度变得粒粒分明的饭粒又开始重新集结起来。

我试图通过搅拌让它们分开，但每搅一次都只会让更多的饭粒粘在一起。饭粒集结的趋势远非使用弱火时可比，眼看着所有饭粒聚成了一个大团（参考本章首页的照片）。

总共烹饪1分30秒后将炒饭盛出。我想尝一口，饭粒结成的块儿却粘在了勺子上，可见就连其表面也具有相当的黏性。

口感十分绵软。味道虽然不坏，但是意料之中的非常油腻。与其说是炒饭，更像是"悬浮在油海中的饭粒聚合物"。

93

由于实在难以下咽，我只好把炒饭倒回抄子里，于是油便顺着抄子的底端啪嗒啪嗒滴下来。看着那些油，我也就没了食欲。

过量用油为何失败了？

就结论来说，大量用油的方法是以失败告终的。但问题并不仅仅出在口感油腻和味道不佳上。大量用油的初衷是为了让炒饭粒粒分明，结果却反而令饭粒聚成了一团。

因为油量过多，饭粒相当于悬浮在油中，并因为缺少摩擦而在油里通行无阻。因此每当用炒勺去搅，饭粒便开始自在地游动，相互粘在一起，即使在结成块状之后也仍然悬浮着，移动自如，如滚雪球一般不断变大。

其实在做天妇罗时，如果一次放入太多食材，互相之间也会粘在一起。炸衣中的淀粉会随温度升高而糊化，因此只要是在食材能够自由活动的环境里，粘连就在所难免。

饭粒随搅拌不断结块的触感，让我想起了过去做西太公鱼天妇罗时的情况：因为一次下锅了好几条，鱼统统粘在一起，聚成了一团。

不过，做天妇罗只要在炸衣变黏、容易粘连的时间段将食材分开，食材表面很快会变脆变硬，之后即使相互触碰也不会粘在一起。但是做炒饭不同，总不能把米饭一粒一粒地下锅吧。既然终归要一起下锅，想杜绝粘连便是不可能的。

少放油的话，想必不至于搞得如此狼狈吧。

同样是炸西太公鱼，少放油的结果显然不同。如果只向平底锅里倒一点油，一边翻个儿一边炸裹了炸衣的西太公鱼，即使鱼肉会碎，炸衣会脱落，也不至于全部粘成一团。因为食材是贴着锅底的，活动受到了限制。

大家可以回想一下用弱火长时间炒饭时的情况。那次实验中米饭最终也是聚成了一团，但是结块并不像这次发生在转眼之间，应该是油少的缘故。米饭是贴着锅底炒的，因此活动受到了限制。

但不论是哪种情况，米饭在油中都免不了要糊化。将一团粘在一起的米饭放入足够多的油中，确实可以令饭粒分开，但是随着加热和糊化的进行，饭粒的黏性还将不断增加。

即使是在大量用油的情况下，这一状况也并未改变。反而是在饭粒可以自由移动以后，粘连变得更加难以控制。油的用量只要能防止糊锅就足够了，把握好火候和烹饪时间才是关键所在。

油炸蛋液裹饭粒

但是话说回来，《破烂街》里的炒饭是有放鸡蛋的。用大量的油只炒米饭的确失败了，但如果加入鸡蛋的话，结果又会怎样呢?

首先,让我们来实验一下先放鸡蛋的做法。这种情况下,并非所有饭粒都能被蛋液完美包裹,会有些饭粒是沾不上蛋液的。做成后,虽然粒粒分明占绝大部分,但结块的现象仍然随处可见。

随后,我又尝试了事先将米饭与蛋液混合的做法。做成后的炒饭几乎没有粘连,和预想的一样变成一粒一粒的。只不过,每一粒炒饭都像是由一粒或是两三粒粘在一起的米饭,裹上"蛋液炸衣"后油炸出来的东西,外观酷似一盘微缩版的天妇罗,而不是一盘炒饭。

舀起一勺放在嘴里,"炸衣"又酥又脆,米饭粒粒富有弹性,口感不坏,但是吃起来一点也不像炒饭,而且毫无疑问地非常油腻,感觉是做出了一种名为"油炸蛋液裹饭粒"的新式料理。

"油炸蛋液裹饭粒",没有半点炒饭的感觉

作为结论，那种所谓的超出常识的用油量，还是不要拿它太当回事为好。《破烂街》中令人惊叹"你开玩笑吧！"的用量，大概充其量也只有 50 毫升。看来是我太高估自己的常识，把步子迈得太大了。

既然 3 大勺相当于 45 毫升，想必就是这个量吧，个别菜谱中也确实有提到放 3 大勺油。关于这点，我们将在接下来的实验中进行验证。

2 大勺和 3 大勺的区别

现在我们了解到，用 100 毫升油太多了。那么多少才是适量呢？"基础烹饪法"所使用的 1 大勺，是否又太少了呢？

通常的菜谱中，针对 200 ～ 300 克的米饭用量，大多建议使用 1 ～ 2 大勺油。换句话说，平均的用油量为 15 ～ 30 毫升。

从防止粘锅的角度讲，做炒饭时加入一定量的油是必须的。同时，食用油也能在一定程度上赋予炒饭浓厚的味道。

但在另一方面，过量的用油又会令炒饭变得油腻，从而损害炒饭的美味（不过可以使用火焰喷枪的"偏门技巧"来降低油腻感。如果油放得略多了，可以考虑使用这种手法，消耗掉多余的油脂）。

不过最重要的还是付诸实践。将用油量提升至 2 大勺后，（相比使用 1 大勺）烹饪时几乎感觉不到差异。在没有出现糊锅的情况下，米饭被炒得粒粒分明。鸡蛋由于吸收了更多油脂，相比 1 大勺时显得更加蓬松。

只是对我这个年纪的人来说，这盘炒饭还是相当油腻的。我尝试用火焰喷枪除去多余的油脂，这下感觉好了许多。

那么放 3 大勺又如何呢？看着锅底中央聚起的油洼，确实有种"好多啊！"的感觉，但是并没有夸张到"你开玩笑吧！"并因此发怵的程度。

这一方面是因为铁锅的尺寸太大，让 3 大勺油显得不那么起眼，另一方面也是因为世界各国的料理我平时都尝试过，已经习惯了用大量的油去炒菜（印度料理中会使用一杯油做炒洋葱）。对于《破烂街》中从小学生到大学生这个年龄层的主人公来说，3 大勺或许的确是个能令人惊叹"你开玩笑吧！"的用量。

用 3 大勺去炒，最先下锅的鸡蛋会像被油炸了一样，瞬间鼓胀起来。但是在放入米饭并将炒饭做成之后，鸡蛋的口感与放 2 大勺油时是没有区别的，烹饪时各个环节的操作也不需要加以改动。

我尝了尝，果然和放 2 大勺时相比，鸡蛋和米饭都要油腻许多。用喷枪消耗油脂的手法仍然可行，但是刻意放 3 大勺油似乎是不必要了。

1 大勺油，难免粘锅

如果将 3 大勺排除在外，只比较 2 大勺和 1 大勺的话，哪种用量更好呢？

为了方便比较，我重新用 1 大勺油炒了一次。和 2 大勺、3 大勺时相比，鸡蛋少了蓬松的感觉。进而，由于油脂被鸡蛋吸收，之后下锅的米饭变得难以翻炒，如不迅速搅拌便会发生粘锅的问题。

其实到目前为止的多次实验中，偶尔出现的鸡蛋和米饭均有的粘锅现象，始终是一个令我在意的问题。放 2 大勺油，操作起来明显更顺手。

只不过，在反复试吃了大量炒饭之后，油量稍有增加便会令我反胃，因此相较于普通人群，我会更倾向于追求清爽的口感。在这一点上，断然是用 1 大勺油做出的炒饭更胜一筹。但如果用量低于 1 大勺，烹炒时会更容易粘锅，完成后的味道也会显得过于清淡。看重味道的话，1 大勺是最佳用量。

那么到底是该重视操作性还是味道呢……与其纠结这个问题，不如尝试在这两者之间寻找一个两全的折中点。

既然是 1 大勺 15 毫升，2 大勺 30 毫升，那么 20 毫升和 25 毫升便都是值得尝试的用量。这两种情况下，均未发生粘锅的问题，操作性上可以说并无差异。而在味道上，放 25 毫

99

升时略显油腻。

放 20 毫升油时，不用火焰喷枪烘烤，炒饭的口感不油不腻正正好，从节省工序的角度讲，是优于 25 毫升的。基于本次实验的成果，"基础烹饪法"的用油量今后将改为 20 毫升，也就是 4 小勺的分量。

用猪油再现"昭和的味道"

油的用量确定以后，还需要考虑使用哪种油的效果更好。

以猪油为首的动物油脂，以及各种植物油当中，哪种更适合做炒饭呢？

查阅了早年间的菜谱后我发现，在战前战后的一段时期内，使用猪油的做法非常之多，而且这一传统至今仍被部分餐馆所沿用。但是对一般家庭来说，常备猪油的情况并不多见，色拉油才是大多数人的选择，因此我同样挑选了几种植物油来做炒饭。

首先是猪油。在沿袭"基础烹饪法"的基础上，将食用油替换为猪油。

制作完成之后，在试吃第一口那一刻，我不禁发出了"哦！"的感叹。那味道像极了我在小时候吃过的炒饭，令人无比怀念。

口感并非想象中那样粘嘴，可以说是爽口的。相比色拉油，使用猪油做出的炒饭味道非常浓郁，这点可以说是使用猪油的优势。但在其反面，过于厚重的味道又给人以挥之不去的感觉。鸡蛋在充分吸收猪油以后，味道也变得格外浓郁，散发着能勾起人食欲的独特香味。

尽管在吃第一口时的感想无疑是"太好吃了！"，我的食欲却开始逐渐受到难缠的油腻味道的侵扰，这或许与我本人的年龄不无关系吧。但是，当我回忆起很久以前在店里吃过的炒饭的味道，心里的感动是实实在在的。

使用猪油做炒饭，厚重的风味会有些突出，使人感觉"猪油才是主角"，又仿佛味觉表面被涂抹了一层猪油风味的油漆，令其余各种味道的细微差异变得无从辨识。

若问这盘炒饭是否还有精进的余地，那便是在此基础上添加化学调味料，让它彻底变成回忆中的"昭和炒饭"，那种我年幼时在街上的中华料理店里品尝过的味道。回忆对味觉的影响着实不容小觑，即使在粒粒分明上表现不佳，眼前这盘炒饭也确实展现出了"炒饭的风范"，以至于此前我对米饭和辅料的高要求都开始变得可有可无了。得益于猪油独特的浑厚风味，即使是味道极其一般的大米，做成炒饭后也可以非常好吃，有种化腐朽为神奇的力量。

包括饱餐过后烧心的感觉在内，如果无论如何都想在家里再现过去的那种"炒饭味儿"，猪油应该可以有吧。

尝试自制猪油

由于看到了猪油的潜力，我决定继续深入挖掘。我使用的猪油，是超市里能买到的最普通的一种，但如果选用品质更好的猪油，一来能减轻对消化系统的负担，二来说不定还能发挥其浓郁的味道，令炒饭的美味锦上添花。

说句题外话，我购买的这种是纯猪油，即未掺和任何植物油或其他种类的动物油脂，只使用猪油做成的油。不过当中有添加维生素 E，以起到抗氧化的作用（作为消泡剂，部分纯猪油中还会添加微量的硅树脂）。

与此对应的是掺和了植物油和其他种类动物油脂的猪油，这种就不属于纯猪油了，而是被称为调和猪油。据说几乎所有的调和猪油中都会添加硅树脂，以及能起到抗氧化作用的维生素 E 或生育酚。

市面上能买到的猪油，品质参差不齐。执着于高品质的拉面店和中华料理店里使用的最高级猪油，据说是荷兰产的山茶花牌（Camelia）猪油。一些店铺甚至公开表示"会在炒饭里使用这种猪油"。我本人是无论如何都想尝试一下的，无奈只能买到以 15 公斤为单位的批发装。一想到把猪油买回家时妻子的表情，我犹豫了，而且至今拿不定主意。

其实，猪油是可以自己炼的。将猪五花肉用文火慢慢煎制，便会不断有融化的油脂流出来，那便是猪油。而且是不含

用弱火煸炒五花肉，自制猪油

任何添加剂的、新鲜的高品质猪油。

因为不能购买市面上的高级货，我便决定自给自足。借着这个难得的机会，我打算亲自体验一下高品质猪油是怎样提炼出来的。

"橡子"与"萨摩番薯"的角逐

据说，猪油的品质会极大地受到猪饲料的影响。说到这里，我首先想到的便是世界范围内生火腿的最高杰作"伊比利亚火腿"，及其原材料——西班牙的伊比利亚猪。用橡子喂养起来的伊比利亚猪，据说其脂肪部位尤其美味。我随即购入了伊比利亚猪具有"Bellota"标识的五花肉。

普通猪油中，油酸的含量约为 4 成，但是在伊比利亚猪的油脂中，这一比例据说能达到近 6 成。油酸受热后不易氧化，换句话说，它是一种受热后不易变黏、变稠，或产生刺激性味道的脂肪酸。使用伊比利亚猪的油脂，或许能够做出爽口又不会烧心的炒饭。

顺带一提，适合产出高品质猪油的猪饲料，是块茎类和谷壳类。若将玉米作为主粮，玉米中所含的亚油酸最终会沉积在猪的脂肪里，而这种亚油酸极易被氧化。由于块茎类和谷壳类饲料中不含亚油酸，可以令猪肉脂肪保持其原有的风味。

作为对比试吃的对象，我同样购买了由种子岛渡边巴克夏牧场出产的，用萨摩番薯喂养长大的黑猪的五花肉，并自行提取了猪油。

用伊比利亚猪的油脂做出的炒饭美味爽口，想必是因为橡子中含有的植物性油脂在喂养过程中直接转移到了猪肉脂肪里。相比市面上贩卖的猪油，其独特的清爽口感营造出了更为高雅的味觉享受，完全没有"昭和炒饭"的感觉，更像是由精制芝麻油烹饪而成。

但如果最终得到的只是与大路货植物油相似的品质，那又何苦费尽周折去自制什么伊比利亚猪油呢？

而用黑猪油脂做出的炒饭，在获得浓郁味道的同时又摒除了缠人的油腻口感和一般猪油所带有的异味，可以说非常美味。不仅保留了"昭和炒饭"令人怀念的厚重风味，大量食用之后也不会觉得烧心。但有一点，猪油的味道会像保护漆一样覆盖在所有食材表面，掩盖了细微的味觉差异，这和使用普通猪油是一样的。

如果是自幼在街上的中华料理店里领略了炒饭之美味的那一代人，这个味道只消尝上一口便能让其魂牵梦绕吧。倘若有意借助这种"既能勾起食欲，又能勾起回忆"的浓郁味道讨取某人欢心的话，特意花些工夫从"萨摩番薯猪"身上提取猪油一定是值得的。

哪种油不会干扰食材原本的味道？

接下来，让我们看看植物油的效果。

平时做炒饭时，我会选用精制芝麻油。到此为止的实验中，使用的也都是这种油。

芝麻油中，性质类似于亚油酸的易氧化多价不饱和脂肪酸要占到4成。相比之下，这类亚油酸在猪油中仅占1成，这也是猪油耐热的原因所在。既然如此，我们会自然而然地认为，芝麻油在受热后比猪油更易氧化也更粘嘴，但由于添加了维生素E等抗氧化物质，即使是在高温下芝麻油也不会轻易被氧化。换句话说，它同样是一种"耐热的油"。

现实中，这种性质对于制作炒饭来说是非常有益的。一如前文中多次提到的，本书将烹饪炒饭的起始温度设定在了350度这样的高温，如果食用油在这一温度下严重氧化，那么实验本身将无法成立。

我对比品尝了一度经高温加热后冷却至适宜温度的猪油和精制芝麻油，精制芝麻油略有些粘嘴。但若是对比试吃由这两种油做成的炒饭，两边均没有粘嘴的感觉。

总的来说，使用精制芝麻油做成的炒饭，味道是平和的，不会出现使用廉价色拉油时产生的异味和氧化味道，食用后亦没有烧心的感觉。由于摒除了给味道拖后腿的"难吃因素"，精制芝麻油更能发挥食材原本的味道，使完成后的炒饭爽口又不失浓郁的风味。

去除味道中多余的干扰项后，不同食材所具有的不同味道变得清晰可辨。因此，我将选择精制芝麻油作为"基础烹饪法"的指定用油。

可以充当"调料"的花生油

除了精制芝麻油，植物油还有很多种，这些也要一一尝试才行。

首先是花生油。在以炒饭闻名的餐馆中，使用花生油的地方不在少数。

花生油中的多价不饱和脂肪酸仅占 3 成，加之维生素 E 等抗氧化剂的作用，使得花生油在高温下同样不易氧化。它也属于"耐热的油"。

我试着用花生油做了炒饭，结果口感不但不粘嘴，甚至比精制芝麻油还要爽口。但与精制芝麻油不同，花生油倾向于在料理中发扬自己的表现力。用花生油做出的菜肴，往往散发着坚果特有的浓郁风味，而这种味道与炒饭可以说相得益彰。

这样想来，知名料理店纷纷选用花生油的做法就非常能够理解了。

其余几种植物油的表现又如何呢？我尝试了几种色拉油大厂的产品，不论用哪种做成的炒饭都能感到粘嘴和明显的氧化味道。具有遇高温氧化特性的色拉油果然不适合用来做炒饭。

考虑到这可能是在批量生产中使用有机溶剂萃取油脂的结果，我想到了不使用有机溶剂，而是通过压榨这一传统工艺制成的菜籽油。然而，使用菜籽油仍然难逃粘嘴的问题。虽然没有严重的氧化味道，但由于其本身独特的味道，与人们印象中炒饭应有的味道有些格格不入。

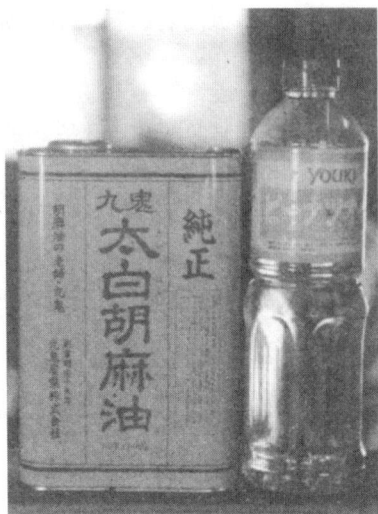

精制芝麻油和花生油

　　那么，如果使用的是非精制的普通芝麻油呢？虽然没有粘嘴的问题，其压倒性的独特风味却会盖过其他食材的味道，不同于精制芝麻油，有种喧宾夺主的感觉。

　　我进而尝试了特级橄榄油。有一点粘嘴，还有一点苦味，但其味道不论是和米饭还是鸡蛋都很搭，做成之后意外好吃。只不过，这道料理能否被称为"炒饭"却有待商榷。与中华料理的范畴相距甚远的味道，不禁会惹人想象其与地中海料理之间的联系。

　　此外我还进行了多种尝试。用葡萄籽油和胡桃油做出的炒饭不仅粘嘴，味道也有些不伦不类。

　　白苏子油和亚麻籽油同时兼具了土腥味、氧化味道和粘嘴的特性。由于这两种都是"不耐热的油",恐怕是在经受高温时发生了劣化吧。

用椰子油做炒饭并不会粘嘴,但是其独特的味道是众所周知的,做成后的炒饭带有强烈的民族风情。用籼米做原料,放些香菜,再用鱼露调味或许会更鲜美。

尽管进行了如此多的实验,我却没有找到一种真正称心如意的植物油。耐热、爽口,且不能妨碍其他食材的味道,能同时达到这几点要求的,目前还没有哪种油能超越精制芝麻油。因此,在今后的实验中我将继续使用精制芝麻油。

不过,如果打算拔高食用油在众食材中的地位,将其当作为炒饭增添味道和厚重感的"调味料"来看待的话,猪油和花生油也是可以有的。

不符合期待的油脂外衣

下面让我们回顾一下在本章中又获得了哪些道具。

在这一章中我们对"油脂外衣"进行了实验。用小火慢炒油和米饭,米饭会愈发地粘连在一起;用强火快炒,粘连的现象虽不严重,但与采用蛋液外衣的情况相比,处处是结成块状的米饭,根本做不出粒粒分明的效果。这让我再次认识到,蛋液外衣果然是粒粒分明的炒饭不可或缺的一环。

相对于蛋液外衣对粒粒分明的贡献，油脂外衣却是加速了糊化的进程，令饭粒粘在了一起。那么是否可以说油脂是不必要的呢？当然不是。如果少了油的参与，干炒米饭和鸡蛋，那只会让事态愈发不可收拾。

一如第二章中写到的，油脂会被鸡蛋所吸收。实际上，被我们称为蛋液外衣的东西，其实是"吸收了油脂的鸡蛋外衣"。油与米饭直接反应虽然会令米饭变黏，与鸡蛋反应却可以创造出粒粒分明的效果。

当吸收了油脂的鸡蛋包裹住饭粒，饭粒便将彼此分开。但是油的用量并不宜多，有 20 毫升就足够了。

而关于油的选用，大多数食用油在经受高温后都会劣化、发黏，而精制芝麻油不但能做出清爽的口感，味道也相对透明，是制作炒饭的不二选择。

不过，我们同样可以运用猪油和椰子油的特色为炒饭增添风味。特别是使用自家提炼的吃萨摩番薯长大的黑猪猪油时，可以做出令一代"昭和人"欲罢不能的美味炒饭。

第 4 章

请不要对铁锅出手

关于颠锅的意义

在这一章中，我们将探讨如何将米饭与辅料混合的问题。说白了就是要重新审视"颠锅"的必要性。

料理职人在熊熊火焰上颠起手中的锅，令饭粒飞舞在空中的身影，在我看来是无比惊艳的。大概是耳濡目染的关系吧，不知从何时起我开始理所当然地认为，"不会颠锅就无法做出好吃的炒饭"。但事实当真如此吗？

一如在第 1 章中看到的，若按照《美味大挑战》中的山冈士郎的说法，通过颠锅让饭粒在空中接受明火烘烤是有意义的。

的确，用明火烘烤饭粒是有意义的，这一点在运用火焰喷枪的"偏门技巧"时已得到证实，消耗掉饭粒中多余的油脂可以使炒饭更加粒粒分明。话虽如此，是否当真有料理人是为此而颠锅的就不得而知了（毕竟除了《美味大挑战》、周富德，以及小林泰彦的插图外，我还不曾在其他地方见过类似的观点）。

但有一点可以肯定，由于家用炉灶的火力贫弱，在家里不论怎样颠锅，饭粒都不可能被明火烤到。当烹饪环境被限定在自家厨房时，"为了接受明火烘烤而颠锅"的说法，就当它不存在好了。

不过，既然料理职人们对颠锅如此执着，这背后一定有理可寻吧？

首先一点可以想到的是，颠锅有助于将食材混合。若是这样的话，这项技巧对于家庭烹饪而言就同样值得一用。

再有，就是做出颠锅的动作本身，具有一定的挑战性和娱乐性，能令人乐在其中。就我个人的体验来说，的确如此，但这已然是兴趣的范畴，若颠锅的初衷在于此，倒是没有必要任何人都加以尝试。

实际上，部分料理人确实会以此为由否定颠锅的必要性。譬如"赤坂璃宫"的谭彦彬就曾断言说颠锅不过是"装相"和"作秀"。换句话说，除了能哗众取宠外毫无意义。

如果赞同了谭彦彬的观点，料理职人便是把颠锅当成了一种取悦顾客的杂耍，那么在家里做饭时自然就没有必要模仿了（不排除有人想借此讨家人欢心）。

颠锅不能使炒饭粒粒分明

其实我也曾在 2004 年时写过一篇文章，提倡"在家里做炒饭，不要颠锅"。至于理由，并非颠锅无用，而是颠锅有害无益。

我在当时是这样论述的：由于家用炉灶的火力贫弱，通过颠锅令饭粒飞舞在空中时，会导致温度下降。制作炒饭，高温必不可少，然而越是颠锅，越会使米饭及辅料的温度下降，令炒饭无法粒粒分明。

值得一提的是，餐馆里的炉灶，即使是在距离灶眼有一定高度的空中，温度依然相当之高。在之前居住的房子里我曾使用过这种炉灶，当火力开到最大时，仅仅是从上方向锅中窥探就有可能把头发烤焦，烤得卷起来。因此在餐馆里做炒饭，即使是在饭粒腾空而起的区域内，依然存在着炙热的上升气流，饭粒相当于被放在烤炉中烘烤，所以颠锅并不会导致温度下降。

同时，将饭粒抛向空中有利于令饭粒彼此分开，使炒饭更加粒粒分明。同样的技巧若能在家中实现，我也很想尝试一下，但家用炉灶是不可能的，为了不让温度下降，反而应该避免颠锅行为——以上便是我在当年给出的解释。

现在回过头看，"将饭粒抛向空中有利于令饭粒彼此分开"，这种观点并不合逻辑。实际验证一下任何人都能发现，结成块状的米饭即使被抛向空中，落下来时也仍然是块状的。当时的结论应该是我凭空想象出来的。

若想让饭块儿变成饭粒，唯有用炒勺去捣，之后再颠锅，没有完全散开的部分有可能实现进一步分离。但重点并不在这里——颠锅能让盐、鸡蛋和其他辅料均匀混合。通过颠锅改变食材在锅中的位置，还能避免受热不均的问题。

总的来说，颠锅的目的并不在于令炒饭粒粒分明，而在于令食材在锅中充分混合，从而使受热更加均匀。我们需要把"颠锅"和"粒粒分明"当作不同的问题分开来看待。

把米饭狠狠地按在锅底上

相比我曾以"在家里做炒饭"为限定条件，否定了颠锅的意义，谭彦彬则是连料理职人在餐馆里做炒饭时的颠锅行为也一并批判了。

较之借助颠锅将饭粒与炒锅隔离开来，谭彦彬主张把米饭在滚烫的锅底上用力按压，认为这样做出来的炒饭反而更香，更粒粒分明。既然颠锅与粒粒分明之间不存在直接关联，谭彦彬的意见便值得倾听。

为何人们只把目光聚焦在颠锅上呢，制作炒饭的动作并不只有颠锅才对。

其中最吸引我的，是在米饭下锅以后，用炒勺的底面将米饭敲打平整的动作。在 Youtube 等网站上观看了大量视频以后，这个敲打米饭使其摊开的动作最令我在意。被如此之多的料理人使用的这一技巧，为何从未有人对它大书特书呢？着实令人感到不可思议。

当中也有人是使用炒勺的边缘部分而并非底部敲打米饭的，不过经实际测试后发现，这种方法并不容易令米饭散开。

我又查看了中国的制作炒饭的视频，果然在敲打米饭的时候，几乎所有人都是使用炒勺的底部。有趣的是，在日本的炒饭视频中，米饭往往只是受到轻微的敲击，而在中国，米饭以夸张的动作被狠狠地按压在锅底上，一面发出吱吱的声响一面向四处摊开。

在滚烫的锅底上把饭粒压得吱吱作响，原来这种"锅底按压法"并非谭彦彬的独门绝技。不过，谭彦彬为了按压方便用铁铲代替炒勺的方式，倒是具有一定的独创性。

此外，在炒锅的选择上，谭彦彬使用的是锅底接近于平面的广东锅。铁铲也罢，广东锅也罢，都是为了方便按压而进行的强化处理。我个人选择广东锅的理由，虽然是"广东是米饭料理的大本营"，不过从锅底近似于平坦的角度讲，也算是买到了一口好锅。

颠锅的结果是饭粒与锅底分离，用铁铲按压则会让饭粒与锅底密不可分。两种操作带来的效果截然相反，而正是这种强烈的反差吸引了我。既然差异如此之大，按压法一定有其无可替代的功效。那就让我们赶快试一试吧。

铁铲，按压的利器

让我们把一直以来使用的炒勺放在一边，尝试用新购入的铁铲一边按压一边制作炒饭。制作流程当然还是遵照"基础烹饪法"。

铁铲给我的第一印象，是"太平了，不好用"。用炒勺的话，只需用底部敲打，米饭自然会展开。但是用铁铲单纯地去压，并不能让米饭散开，结果仅仅是把成块儿的米饭压扁了。

这是因为炒勺底部是一个弧面，敲打时会对准锅底最深处的中心点。偏离中心的米饭会被挤向外侧，从而被撑开。

而在使用铁铲时，由于向下按压的是一个平面，并不能让米饭涌向外侧。这样一来米饭就不会被撑开，而是几层叠在一起受到来自上方的猛烈压力。

利用铁铲将米饭摊平，似乎要运用和炒勺完全不同的操作技巧。为了熟悉这件新道具，我进行了多种尝试。最顺手的动作，是一边将米饭剁开（类似于搅拌寿司饭），一边用画圆的方式把米饭铲向外侧。

像这样把米饭摊平以后，再在锅底上用力按压。若单说按压这个动作，绝对是用铁铲更有优势。每按一次都能听到"滋"的声音，之后用铁铲把米饭翻面，就能看到饭粒表面染上的焦色。

但与此同时，饭粒之间会随着按压粘在一起。这时就需要重复之前的操作，用铁铲把米饭铲碎，然后靠画圆把饭粒铺平，再从上方用力按压，听到"滋"的声响，米饭进一步被染上焦色，把米饭翻过来，发现又有饭粒粘在了一起，于是重新铲碎、摊平……如此反复。

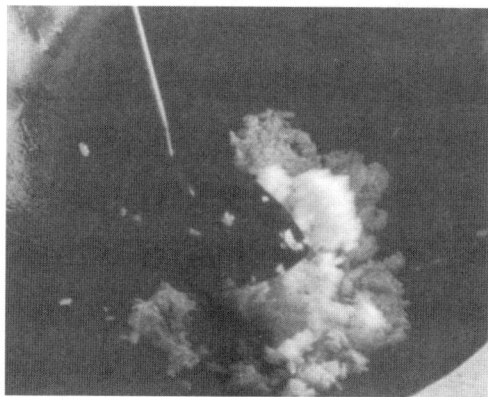

用铁铲按压后翻面

将这一流程持续 1 分 30 秒后做出的炒饭，在品尝第一口时就让我情不自禁地发出了感叹。毫无疑问，这是我迄今为止做出的最粒粒分明，最烫嘴，也是最好吃的炒饭。每一粒米都仿佛经过油炸一样富有嚼劲儿，而且散发着浓郁的香气。

虽然不敢说和店里是同等水准，感觉仍有不足之处，但是在感受上，是差距被一口气缩短了。

粒粒分明的成因

仅仅是把炒勺换成铁铲，并追加按压的动作，为何就能给味道带来翻天覆地的变化呢？

上一篇中曾提到，饭粒被按压在锅底上时会发出"滋"的声音，这是饭粒中水分蒸发的声音。通过按压更好地除去水分，令炒饭更加粒粒分明，充分的煎烤同时也降低了饭粒表面的黏性，焦色和香气随之产生。

按压之前将米饭摊平的动作同样具有重要意义。将米饭摊成薄薄的一层，可以增大饭粒与锅底的接触面积，从而提升炉灶热量的传导率。水分因此蒸发得更快，更容易实现粒粒分明。如果不将米饭摊开，层层叠摞的米粒实质相当于在被蒸煎，做成后的炒饭想必是粘嘴的。

按压的操作用炒勺同样可以实现，按压时也同样会发出"滋"声，只是炒勺的有效面积明显小于铁铲，按压时很难做到一粒不落。

摊开米饭确实是用炒勺更方便，但除此以外的操作都是用铁铲更顺手。熟练以后，铲碎、摊平、按压、翻面这一系列动作可以完成得行云流水。

在用到铁铲之前，我曾认为炒勺更适合用来从锅中盛出炒饭，但实际试过之后才发现，用铁铲去盛更是干干净净，一粒不剩。这样就不用眼睁睁看着剩在锅里的那点炒饭被余热越烤越硬了。

部分料理职人能通过颠锅令炒饭飞入炒勺，再将炒勺倒扣在盘中，形成一座半球状的小山。能熟练完成这一动作的料理人，或许会对用铁铲盛饭有所不满吧，但如果把味道放在第一位的话，铁铲无疑是最佳选择。

尝试前后摇晃铁锅

出于严谨性，我在"基础烹饪法"中加入颠锅动作后做了一盘炒饭，并与用"铁铲按压法"做出的炒饭进行了对比试吃。结果不出所料，按压法更胜一筹。谭彦彬是正确的。

那么，如果把按压与颠锅结合起来，又会有怎样的效果？

或许食材会混合得更均匀、口感更加粒粒分明也未可知。

于是，每次完成按压的步骤，我都会颠锅给米饭翻面，之后继续用铁铲铲碎、摊平、按压，然后再次颠锅翻面。尝试用这种方法做炒饭和此前唯一的区别就是，在翻面时用颠锅替代了铁铲上的动作。

炒饭是完成了，味道上却没有明显差异。既然感觉不到差异，颠锅便是多此一举。就当没这回事吧。

颠锅无用的话，将铁锅前后激烈摇晃又会如何呢？炒饭视频中的料理人，大多都是"左右互搏"的。左手持锅，前后激烈晃动；右手握炒勺，借画圆翻炒。这两种动作结合起来，是否能让炒饭粒粒分明的工程事半功倍呢？

我准备右手拿铁铲，不断重复铲碎、摊开、按压、翻面的动作，与此同时，左手用力前后摇晃铁锅。虽然有些手忙脚乱，但是既然卖了力气，总感觉炒饭会更加粒粒分明。

实际尝试之后，摇锅确实有助于食材的混合，但在味道上和放置不动相比并没有明显差异。既然没有明显的改善，是否可以认为摇锅同样多此一举呢？

的确是这样，但原因在于显而易见的弊端。首先是因为铁锅太重，摇锅会造成腕部的疲劳。此外不容忽视的是，摇锅时产生的巨大噪声。嘎吱嘎吱的声响不绝于耳，会直接影响到烹饪时的心情。

不过，能从摇锅中体会到快乐的人一定也是有的。就像之前写到的，做炒饭是一项兼具了挑战性和娱乐性的活动。以流畅的手法将食材投入锅中，使出浑身解数去翻炒，去颠锅，再把炒饭一粒不剩地盛到盘子里，将这一连串动作做到行云流水，这本身就是一种享受。

一直以来将颠锅当作一项"运动"乐在其中的人，要他不许碰锅，只用铲子按来按去，恐怕会觉得非常无趣吧。

事实上，我本人也会觉得，做炒饭能颠锅更开心，以至于在本书的策划阶段，我曾考虑过"要不要研究一下在家里也能随手颠锅的方法"。但既然劣势如此之大，我便不需要再左顾右盼了。本书将不涉及任何"操锅"的手法，只靠右手上的一把铁铲来实现食材的混合。

不管山冈士郎会骂什么，我是铁了心地就要"磨磨叽叽地在锅里瞎鼓捣"了。但有一点需要澄清，铲碎、摊平、按压、翻面，完成这套动作时，我绝对不会认为自己是"磨磨叽叽地在锅里瞎鼓捣"。我所体会到的，反而是其中蕴含的某种快感。

铁板意外地难以驾驭

既然不准备挪动炒锅，一些此前不曾想过的选项开始进入视野。譬如，为了最大限度地发挥铁铲的优势，放弃铁锅，转而使用铁板。

如果想将按压的效率提升至最大，在平坦的铁板上使用平面状的铁铲，应该是最合理的办法。

我随即购入了一张烧烤用的铁板。铁板长 45 厘米，宽 31.5 厘米，厚 1.6 厘米，重 2 公斤，就尺寸来说是最普通的一种，含铁量相当于广东锅的 1.2 倍（表面积为 1.02 倍，几乎相同）。

至于试用后的感想，平坦的铁板确实方便按压。在手持铁铲的基础上，如果能为另一只手配备一把制作寿喜烧的小铲子，不但可以左右开弓，翻炒时也会更顺手（见本章首页的照片）。

不过，这次试用也暴露了铁板的不足之处。铁板虽然便于按压，却会增加搅拌时的难度。每翻炒一次，饭粒都会被掀得到处都是。之前使用过的铸铁平底锅也有这种倾向，但是远没有铁板严重。铁板由于面积更大，越是翻炒饭粒就越是会向外围扩散。

铁锅因为具有向中心聚拢的坡度，米饭即使扩散到了外侧，在翻炒过程中也会自动回到锅的中心。这时如果用铁铲去搅，粘在一起的饭粒便会彼此分开。但由于米饭全部聚集在中央，饭粒会层层叠在一起，按压起来会有困难，同时也不利于水分的蒸发。铁锅尽管具有这样的不足之处，但由于便于搅

饭粒飞溅和不易搅拌是铁板的短板

拌，做出的炒饭会更加粒粒分明。

另外，铁板虽然是一个平面，便于按压又有利于水分蒸发，但由于每次翻炒都会令饭粒毫无节制地向外扩张，结果便是非常不利于搅拌，无法做出粒粒分明的炒饭。

如果优先考虑按压的便利性，受热面应尽量趋近于平面，但若要顾及搅拌的难度，便需要厨具拥有一定的坡度。因此，底面接近于平面又同时拥有平缓坡度的中式铁锅，似乎就是不二之选了。

不过最关键的，仍然要看用铁板做炒饭效果如何。饭粒被烤出了焦色，脱去水分后具有清爽的口感，但处处可见饭粒粘在一起，并不能达到粒粒分明的效果。此外和使用铸铁平底锅时一样，鸡蛋会在铁板上摊成一张薄饼，瞬间就被烤老了，做不出松软的口感，又难以发挥蛋液外衣的功能，所以理所当然地，无法实现粒粒分明。

特意用铁板做炒饭看来是没必要的。

蛋液外衣在平面上无法成立

油汇聚在铁锅的中央，向油中倒入蛋液，蛋液便吸满了油脂，变得蓬松柔软。又因为蛋液同样聚集在铁锅的中央，所以不会被瞬间烤熟，而是接触锅的部分先凝固，上层则仍然是液态的。这时倒入米饭，蛋液便顺利地包裹在饭粒表面，形成了蛋液外衣。

但在使用铁板和铸铁平底锅时则不然。由于接触面是平面，油和蛋液都会向四周扩散。摊成薄薄一层的蛋液会在受热后瞬间凝固，而这无疑增大了形成蛋液外衣的难度。

如前文所述，广东锅的形状最浅，在中式铁锅中也是最接近于平面的一款。带把手的北京锅或许更常见，但由于锅底太深，不适合进行按压的操作（可能因为北京属于小麦文化圈吧，北京锅并非为做炒饭量身打造的）。

在按压的便利性上，平坦的广东锅已与铁板相差无几。但平坦并不是完全的平面，细微的落差让米饭不会过于远离中心，也方便了食材的混合。油会聚在锅的中央，鸡蛋也因此变得柔软蓬松，不论怎么看，做炒饭都是用广东锅

126

最顺手。

那么在经历了这一章后，我们又找到了哪些"道具"呢？

首先当然是能够大幅提升粒粒分明效果的铁铲按压法。其次是放弃颠锅这一重大决断。下定决心不再对锅出手以后，特大号铁锅操持起来也轻松了少许。

第 5 章

葱和鸡蛋的角色

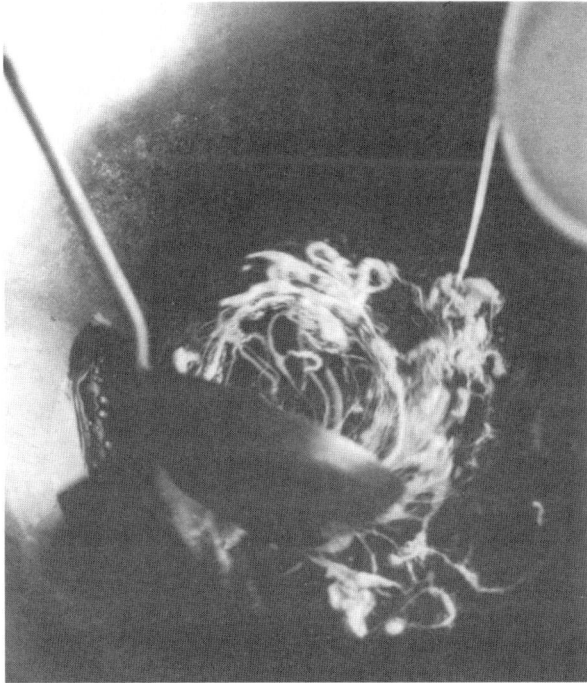

不放叉烧的原因

在这一章中，我们将探讨与辅料相关的问题。具体来说，就是葱和鸡蛋。

鸡蛋在第 2 章中不是已经讨论过了吗？可能会有读者这样想。之前谈到鸡蛋，是出于令炒饭粒粒分明的目的，是从将鸡蛋作为包衣的材料这一角度出发的。然而，当我们把鸡蛋看作辅料的一种，怎样烹饪才更美味呢？这一课题此前并未涉及。如何才能最大限度地发挥鸡蛋的魅力，这是本章我们将要思考的问题。

话说回来，炒饭的用料其实可以相当不拘一格，但在本书中，我将只使用米饭、鸡蛋、葱这三种原料，制作炒饭中最朴素的一款。读过《书房里的意大利面哲学家》和《终极美味汉堡》的朋友们想必已有所了解，之所以做出这样的选择，是因为我相信料理越是朴素，越能够体现出烹饪的精髓。

不过在炒饭的问题上，或许许多读者都抱有这样的疑问："就算是为了从简，叉烧总可以放一点吧？"其实这个问题，我自己也曾考虑过。

考虑过，但是仍然决定不放，自然是有原因的。总的来说，叉烧的变数实在太多了。

譬如说：应该选用哪种猪的哪个部位的肉；是选择新做成的肉，还是做成后经放置的肉；应该使用哪些调料，这些调料又分别由哪些厂家生产；是使用国产酱油，还是中国酱油；如果需要放酒，是使用日本酒、烧酒，还是中国产的酒；烹饪方法是采用烤制，还是煮制；厨具是使用铁锅、平底锅、高压锅，还是烤炉；火力如何掌控；使用炭火或明火烤，效果是否更好；或者干脆不放叉烧，用炒肉末替代是否可行；不使用猪肉，使用鸡肉和牛肉的话，是否同样可以做出美味的炒饭呢……

仅仅粗略一想，就能想出这许多问题来，仅靠这些问题就能写出一本书了，搞不好还是比《炒饭物语》更厚的一本书。然而这样的一本书究竟能否通过出版社的策划会议呢？

上述的检讨清单或许会令部分读者感到不可理喻。但是，在《书房里的意大利面哲学家》和《终极美味汉堡》中，我正是贯彻了这样一种细致严谨的研究方式。"简直就是在求道，这种荒唐事也只有男人会干了。"正是因为得到了许多这样的反馈，这一系列丛书才被命名为了《男人的 × × 道》[1]。

出于这样的原因，我只好很抱歉地宣布，叉烧这次落选了。假使这本书能够大卖，来自读者的呼声又强烈的话，届时若有机会让我将上述研究进行到底，写出一本《男人的叉烧道》，我将感到非常荣幸。

葱的用量要看个人喜好？

让我们从葱说起。

把葱段切碎，这应该是最常见的处理方法了。只是碎切的方式也可以非常多样化。参考料理书和杂志上的做法，有人切得相当粗犷，有人切得极其细致，也有人严格按照"2.5 倍米粒大小"的标准来切，或是沿纤维切成长 2 厘米的细丝。

花样不只体现在尺寸上。有人用小葱代替大葱，甚至有人把切成圆片状的葱花放进冰箱，2 小时后再拿出来使用……

葱花的用量也因人而异。有人煮 3 合米（煮好后相当于

1　日语版此系列书的原名为『男の〇〇道』。此书日语版原名为『男のパスタ道』，直译即为《男人的炒饭道》。

1000克米饭）用半根葱，有人煮小2合米（约650克米饭）用1根半葱，有人炒8小碗米饭（约1200克）用1根葱，也有人炒4小碗米饭（约600克）用1小碗葱末。

此外，还存在着例如"230克米饭用20克葱末""200克米饭用25克葱末"，或是"270克米饭用30克葱末""230克米饭用35克葱末"这样的衡量方法。以上几种全部是针对1人份炒饭的标准，但是话说回来，"1人份"应该是多少分量呢？在这一点上同样存在分歧。

不仅如此，还可以找到诸如"200克米饭用8厘米葱段""300克米饭用1勺半葱末"，或是"200克米饭用一大勺葱末"这样的表述方式。

即使规定了葱段的长度，葱末的分量也会因葱段粗细有别而改变。作为参照，我家里一截现成的10厘米长的、较粗的大葱，其重量为36克。用这截大葱能切出10克葱花，用量匙去盛的话，相当于1大勺多一点。

大葱用量的无规律性可以用令人费解来形容，但反过来说，这或许意味着大葱放多放少，对炒饭味道的影响并不大。

这就好比做咖喱时放辣椒粉，放多少纯粹是个人喜好的问题。有人喜欢吃甜口，也有人是去店里点"50倍辣度！"的极辣派。在制作炒饭这件事上，葱的立场便与此类似，或许并不存在所谓的"正确答案"，需要做的只是根据个人口味调节用量，仅此而已。

如何抑制大葱出水

但是，葱与辣椒粉最大的区别在于，葱的用量是有限度的。我们并不能像制作 50 倍辣度的咖喱那样，向锅里倒入大量的葱。因为葱的成分中 90% 是水，如果不慎在做炒饭时放入过量的葱，炒出的水分会让米饭变得粘嘴。

可以肯定的是，葱的用量同时也取决于灶台的火力，也就是蒸发水分的能力。对餐馆里的灶台不构成问题的用量，换成家用灶台后也可能令米饭糊化。

这样看来，关键问题应该是"如何抑制大葱出水"。

葱的出水量，其实和切葱的方式有关。如果菜刀不够锋利，破坏了葱的细胞结构，便会流出更多的水。菜刀同样锋利的情况下，像切葱丝一样沿着纤维切，出水就相对较少。

此外，下锅的时机也会影响到葱的出水量。过度受热会破坏葱的细胞，使水分大量流失，结果同样是增加了米饭糊化的概率。

参考料理书和杂志上的烹饪方法，葱的下锅时机大致分两种。

一种是在临起锅前放葱。将葱下锅后，稍微翻炒一下即可关火盛盘。这样不但能发挥生葱的香味，还能有效地防止水分流出。

另一种是先在热油中放葱，煸出香味，随后放米饭和辅料。采用这种做法的菜谱，几乎都会建议先炒鸡蛋，盛出鸡蛋，再将鸡蛋回锅，换句话说，介绍的是蛋液外衣理论出现以前的"昭和式炒法"。

这种情况下，由于葱是被单独放入油中的，葱里的水分会随着受热而消散。为了避免烤焦，往往会趁油不热时就将葱下锅，用弱火或中火一点点把葱的香味转移到油里，做成"葱油"，从而使葱香遍及整锅炒饭。

只不过，当油温过高时，葱瞬间就会被烤得焦黑，因此这种做法只适用于不需要使用强火的"昭和式炒法"。既然本书追求的是以超高温加热铁锅为前提的烹饪方法，第二种做法就不适用了。

作为结论，本书将采用先炒鸡蛋和米饭后放葱的方式。至于放葱的最佳时机是否就是在"临起锅前"，这一点仍有待商榷。

怎样切才最有葱味？

下面让我们实际操作一下，看看不同的切葱方式会为炒饭的味道带来怎样的变化。

由于"几厘米葱段"或是"几小碗葱末"这种表述缺乏准

确性——相同长度下葱段粗细的不同，或是容器大小的差异都会导致分量有别——下面将统一以"克"表示。

　　鉴于"基础烹饪法"中米饭的分量为 200 克，我决定先用 10 克葱去炒。

　　葱末一共准备了 4 种：切得很碎的 1 毫米见方的细葱末、切得较宽的 3 毫米见方的粗葱花、横切的 1 毫米厚的圆环形葱花，以及沿纤维纵切的 2 毫米宽 2 厘米长的葱丝。

　　为了尽量不让葱出水，切葱的刀是刚刚磨过的。

　　首先测试在临关火前将葱下锅的做法。放葱后稍微炒一下就起锅，如此做出 4 盘炒饭，并进行对比试吃。

　　使用葱丝的那一盘，葱的存在感最为突出。葱丝嚼起来咔嚓咔嚓的，触感明显，带着强烈的葱香和辛辣。这种切法不易

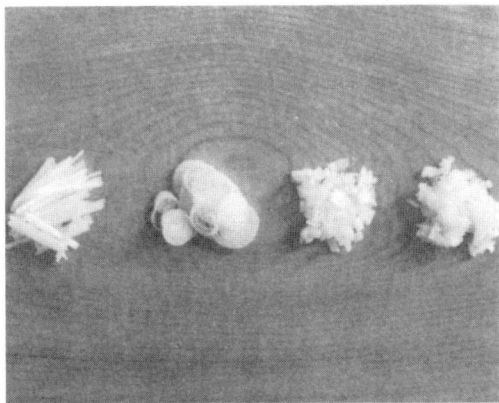

由左至右依次为：葱丝、圆葱花、粗葱花、细葱末

出水，既能获得清爽的口感，又能发挥出葱的个性，给人感觉这是一盘名副其实的"葱丝炒饭"。

大葱强烈的个性是这种炒饭的魅力所在。作为饮酒后改换口味的小菜，在炒饭上淋一些芝麻油，便是一道雅致的下酒菜了。但是作为一般意义的炒饭来享用，却显得有些不伦不类，应该是葱丝太过"抢戏"的缘故吧。

当然了，如果改变放葱的时机，口感也会随之发生变化。譬如将"临关火前"改为"放入蛋液和米饭的 30 秒后"，然后烹炒 1 分钟，葱丝会变得非常柔软，整体感觉亲和了许多。话虽如此，好不好吃又是另一回事，熬烂以后的葱丝给人的感觉反而是"添乱"，给炒饭的美味拖了后腿。

如果一定要用葱丝的话，突出其清脆的口感，即在临关火前下锅，应该是明智之选。

圆形葱花最不可取

另外，葱的存在感最弱的细葱末虽然有明显的葱香，但几乎没有吃到葱的感觉，如此把主角的位置让给了别人，甘愿做蛋炒饭的香料和提味剂。

而且这还是在临关火前下锅，只稍微翻炒一下的结果。若是经过了 1 分钟的烹炒，就连香味也将几近消失。虽然从外观和口感上可以知道是放了葱，但几乎吃不出葱味，也闻不见葱香。这样一来放葱便失去了意义，因此细葱末和葱丝一样，也要在临关火前下锅。

总的来说，葱的口感和葱的香味，都会随烹饪时间的拉长而消退。我个人认为，做炒饭放葱，为的就是获得葱的清香，所以并不推荐炒上 1 分钟，就连 30 秒也觉得是炒过了。在临起锅前下锅，稍微搅一下足矣。

使用粗葱末时，临关火前放入，不仅能获得新鲜的葱香，吃起来也有清脆的口感，存在感可以说恰到好处，效果介于细葱末与葱丝之间，但更接近于细葱末。

若是烹炒 1 分钟的话，葱的口感虽仍然明显，香味却已然变得淡薄。而在烹炒 30 秒的情况下，葱香会在一定程度上得到保留，总的来说是和鸡蛋与米饭的味道搭配得当。

作为结论，如果只想为炒饭添加葱香，选细葱末就好，但若要兼顾口感的话，还是粗葱末更适合。此外，虽然属于非常规的做法，但对于想让葱的味、香、口感都更加"站位靠前"的人来说，葱丝也不失为一种选择。

相比之下，圆环形的葱花则毫无优势可言。葱的存在感是有的，但是和饭粒的契合度不高，让炒饭缺少了浑然一体的感觉，而且出水较多，导致葱花变软，炒饭变水。这还是在临关火前稍微炒一下的结果，可见问题之严重。

于是，我又尝试在起锅后放葱花。随着大葱存在感的增强，整体效果却显得更不统一。既然本书是以粒粒分明为目标，便很难找到一个理由选择圆形葱花。不过，鉴于这种切法最为省时省力，如果对味道并不执着，又想追求尽可能短的料理时间，这样切或许刚好。

用量翻倍，炒饭美味

虽然以 10 克为前提得出了上述结论，我们仍需要找到大葱最恰当的用量。我尝试使用多一倍的 20 克进行实验。除去圆形葱花，使用细葱末、粗葱末、葱丝这 3 种原料。

细葱末给我的印象，可能是切得太碎吧，即使分量翻一倍，也不会有"放多了"的实感。虽然口感几乎没有变化，但由于香味增加了，整体效果要好于放 10 克的时候。

使用粗葱末时，葱的香味和清爽的口感同样得到了强化。虽然辣味也随之变重了，不过辣味过后能品出近似于甜的味道。就结果而言，是多放葱更好吃。

而使用葱丝时，葱的存在感更胜以往，完成后的料理也只有"葱爆炒饭"这个名字能与之相配了。尽管本书只涉及蛋炒饭的做法，但恐怕没有人会当这盘炒饭是蛋炒饭吧。如此葱味十足的炒饭，至少本书是不会采用的。

20 克粗葱花堆在一起，大致如图所示

我个人更推崇放 20 克粗葱末。只由鸡蛋和米饭构成的口感无论如何都略显单调，这时若加入了大葱清脆的嚼劲儿和清新的香味，炒饭整体的味觉享受将获得一个质的提升。

放一放会变甜？

本章在最开始讨论葱时，曾介绍过各种菜谱中对葱的不同处理方法，其中，将横切的葱花冷藏 2 小时再使用的做法引起了我的注意。对此，菜谱中是这样解释的："大葱中的水分会慢慢渗出来，覆盖在葱花表面，这时将葱花下锅翻炒，可使米饭与鸡蛋更为浑然一体，也更能突出大葱的甜味。"

把裹着水汽的葱花下锅翻炒，"可使米饭与鸡蛋更为浑然一体，也更能突出大葱的甜味"，这样的说法恐怕是不正确的，结果应该不是这样才对。

葱的辣味来自细胞破坏后产生的硫化丙烯，正是这种物质使葱属植物具有了独特的辣味与香气。但由于具有挥发性，硫化丙烯会随时间慢慢消散。放置一段时间后，辣味因硫化丙烯的挥发而消失，隐藏在辣味背后的甜味逐渐显露出来。

此外，将大葱切成葱花后放进冰箱，水分会从横切面渗出，而葱花会在这一过程中变软。随着水分流出，大葱的味道将变得更加浓郁（同时也意味着甜味的增强），而且由于变软的缘故，葱花的口感将不会给人留下突出的印象，"浑然一体"的感觉或许就是因此而来的吧。

如上所述，菜谱中的解释结论并非是"带着水汽翻炒"的结果。恰恰相反，将葱花表面的水汽拭净后下锅，才更能突出大葱的甜味，同时使炒饭更加粒粒分明。

在这篇菜谱中，相对于米饭不到 2 合的分量，要放入 1 根半大葱。经过对家里的大葱称重，1 根半相当于 120 克。而 2 合米饭（用 2 合大米煮成的米饭）约等于 660 克。这么大分量，不可能一次炒完。在此我将遵循"基础烹饪法"，将米饭定为 200 克，而按照同比例计算后的大葱重量约为 37 克——相当于我认为正正好的 20 克的近两倍。

至于将葱下锅的时机，菜谱中果然也是建议在临关火前，不过关于理由是这样陈述的："炒得过久会令甜味消失。"这种说法显然是不正确的。既然具有挥发性的是辣味，甜味便是越炒越突出才对。

实际按照菜谱将炒饭完成后，非常遗憾的，效果虽然要好于使用新切成的葱花，并非那么水淋淋的，但也没有达到粒粒分明的程度。冷藏 2 小时后的葱花看似软绵绵的，却比新切成的更具嚼劲儿。失去一定水分后再经过翻炒，这样似乎能留住大葱清脆的口感。

相比刚切成时，放置一段时间后的葱花味道更甜，但同时也缺少了大葱特有的刺激鼻腔的辣味和香气。即使甜味再强，倘若牺牲了大葱的刺激性味道，那便是本末倒置。向味道平淡的炒饭中加入大葱，最大的初衷便是借助其刺激的辣味，使炒饭的味觉享受更为凝聚。

再者说，大葱的地位和存在感原本就是米饭望尘莫及的，这种情况下如果不太能够闻到葱香，清脆的口感将显得格外突出，与炒饭的其他元素格格不入。

即使减少葱的用量，这种"香味不足但存在感极强"的葱花也与炒饭不相搭配。反而是像粗葱末那样，"香味强烈，口感突出，但仍与炒饭相得益彰"的形式效果更好。

切好后放置一段时间的"窍门"将不予采用。

大葱强过小葱

到此为止的实验中我们使用的都是大葱，不过根据此前调查的结果，也有部分菜谱使用的是小葱。

它们之间到底有着怎样的区别呢？就让我们来试一试吧。首先分别将大葱和小葱切成粗葱末，对比生吃时的口感。相比之下，小葱的辣味较弱，甜味也较小，"味道平淡"或许是个恰当的形容。外加嚼劲儿不足，总体感觉是不如大葱那么有"葱味儿"。

接下来便是尝试用小葱做炒饭。在临关火前将小葱下锅，然而，仅仅是稍微翻炒一下，小葱已经软得没了魂儿，不但嚼起来没有感觉，香味也若有若无的。不论是味道、口感，还是葱香，大葱都具有压倒性的优势。

小葱唯一的强项体现在其鲜绿的颜色在白米饭的衬托下光彩夺目，看着就让人觉得好吃。因此在以后的实验中，大葱将仍然作为本书的指定食材。

彻底打散，还是粗略搅拌？

接下来，让我们看看当鸡蛋作为辅料时的情况。

调查各式菜谱使我了解到，在备料阶段将鸡蛋打散的方式也可以有很多种。

除去白色的卵带后，有人把鸡蛋彻底打散，有人则只是粗略搅拌一下，也有人不做搅拌就直接把鸡蛋磕进锅里。

从实际操作和对比试吃的结果来看，至少每种炒饭的味道都有区别，但是很难判断哪种更好。

外观上的区别是显而易见的。彻底打散的情况下，鸡蛋呈均匀的黄色；粗略搅拌的情况下，会有白色的蛋清碎块夹杂在米饭里；如果是直接把鸡蛋磕进锅里，蛋清碎块的数量将大大增多。

但不论是用哪种方式进行预处理，鸡蛋都会在翻炒过程中被捣碎，与米饭混在一起，因此味道上的差异并不明显。只是在"粗略搅拌"和"不做搅拌"的情况下，蛋清的风味会更显突出。由于炒蛋清的味道独具特色，只在这一点上味觉是容易分辨的。

但是，仍然很难判断哪种更好吃。我们可以类比一下平时做炒鸡蛋时的情况，打散鸡蛋时应该是不会刻意追求方法论的。时而会将蛋液搅拌均匀，时而又几乎不去搅拌，但是不论采用哪种方式，炒鸡蛋仍然是好吃的炒鸡蛋，不是吗？

如果把鸡蛋彻底打散，并事先与米饭混合，完成后的炒饭将整体呈艳丽的金黄色，颇受人喜爱。如果是以制作"黄金炒饭"为目标的话，彻底打散的方式无疑是最佳选择。

尽管如此，拥有最高的颜值并不意味着黄金炒饭的味道也是最出众的。把鸡蛋随手一搅，做成的炒饭也很好吃。何况，不够均一的状态反而令味觉刺激具有了多样性和空间感，那是另一种美妙的味觉体验。

直接把鸡蛋磕进锅里容易粘锅

直接把鸡蛋磕进锅里的做法，在街上的中华料理店里非常常见，大概是因为可以省去准备容器和搅拌的工夫，简化炒饭的制作流程吧。

简化后的操作充满了美感又令人心情愉悦，整片蛋清被炒成暗金色后散发出的香味令人食指大动。其实我本人也很喜欢这种做法，以前做炒饭时常这样做。

然而这种做法也存在不足之处，那就是蛋清容易粘锅。也不知是哪一步的操作不当，每几回中总有一回蛋清要粘在锅上，令我百思不解。是用油量的问题吗？还是铁锅预热得不够呢？将蛋液打散时从未发生过的现象，在蛋清直接下锅时就偶尔难免。

我倾向于认为，粘锅的原因是蛋清含水过多。蛋清中近9成是水（余下的几乎都是蛋白质），问题或许就出在了这里。第3章中曾提到，铁锅的糊锅是由蛋白质等物质在吸着水的作

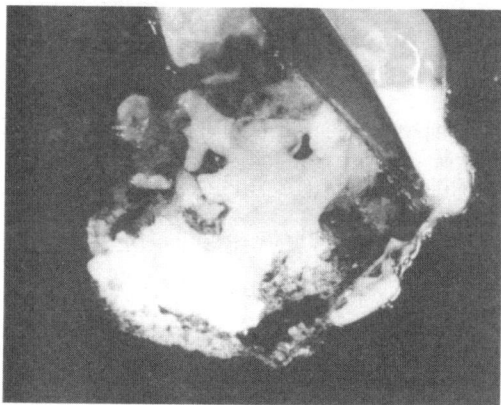

直接将鸡蛋磕入锅中，蛋清极易粘锅

用下与铁紧紧贴合引起的。由此可见，水分较多的蛋清原本就具有容易粘锅的性质。

而蛋黄中的水分只占不到 5 成，其余部分是接近 3.5 成的脂肪和略多于 1.5 成的蛋白质。由于水分较少，外加脂肪较多，蛋黄粘锅的概率要小上许多。

鉴于这种情况，将蛋清与蛋黄混合后使用无疑是明智的做法。既然将蛋清暴露在外的风险较大，直接把鸡蛋磕进锅里的做法便到此为止了。

试做"鸟巢鸡蛋"

曾在第 2 章中出现过的"鸟巢鸡蛋"，不知各位读者朋友

147

是否还有印象。我在心里始终放不下它。

鸟巢鸡蛋据说是中国一家扬州炒饭名店的独门绝学。它是通过将蛋液如细丝般洒进大量的油中形成鸟巢状后，再在抄子上挤出多余的油制成的。至少从网络视频中的情形来看，鸟巢鸡蛋的油腻程度是有目共睹的，但在同时它又给人以柔软蓬松的印象。那么这样做成的鸡蛋到底好不好吃呢？不用说，我自然要亲自试验一番。

首先搅拌 4 个蛋黄和 2 个全蛋液。向铁锅中倒入 400 毫升左右的油，用偏弱的中火加热（视频中的用油量还要更甚，但我终归没有那个勇气，因此决定只倒 400 毫升）。用炒勺在油中搅拌，形成漩涡，之后，一边不停搅拌一边让蛋液如细丝般垂入油中（参照本章首页的照片）。

细丝状的蛋液落入油中以后旋即凝固。蛋液源源不断地落下，细丝与细丝交织在一起，像搭建一座真正的鸟巢一样完成了油煎鸡蛋的过程。

待鸡蛋完全凝固后用抄子捞出鸟巢，并用炒勺从上方用力按压。为了榨出多余的油，鸟巢会被挤压成一团，不过吃起来并不觉得硬，而是具有松软的口感。味道相当好，只是因为太油腻，很快就会觉得烧心。

接下来便是用鸟巢做炒饭。将鸟巢鸡蛋放入平底锅，并用炒勺捣碎（由于鸡蛋里吸收了足够多的油，因此不需要额外放油），之后倒入米饭翻炒。原本就呈细丝状的鸡蛋，在这一过程中会很自然地碎成鸡蛋末。

这次烹饪让我有了新的发现：鸡蛋既然已经凝固，和米饭翻炒时便不会在饭粒表面形成包衣，尽管如此，饭粒粘连的问题却没有想象中严重。这恐怕是因为吸满油脂的鸡蛋碎屑进入饭粒之间，防止了粘连的发生。

在这一点上，我们可以参考第 2 章中介绍过的，单簧管演奏家北村英治的菜谱。北村先生利用从鸡蛋中渗出的油脂使炒饭粒粒分明的做法，便与此类似。

虽说粒粒分明的程度到底不如蛋液外衣那样彻底，吸满油的鸡蛋碎屑还是为防止饭粒粘连做出了贡献。其实，就算没有把鸡蛋炸成鸟巢形，这一原理也同样有效。哪怕是按照"基础烹饪法"做炒饭，我们也可以有意将鸡蛋炒得碎一点。

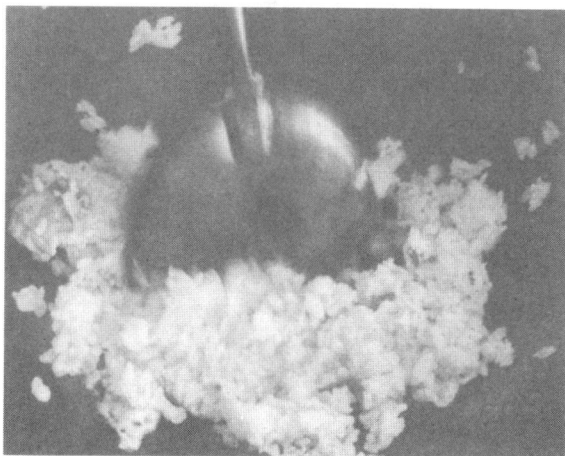

开始翻炒时便要将鸡蛋剁碎，这是要点

至于完成后的效果，外观首先是最值得肯定的。白色的米饭和纤细又鲜艳的鸡蛋混在一起，形成了养眼的对比色。但是，吃上一口便会发现，米饭有着"油炒米饭"特有的软糯口感和油腻味道，并不会让人觉得很好吃。

如果是使用与正宗扬州炒饭相同的辅料和籼米，这盘炒饭或许能改头换面吧。但若是在日本利用剩饭做炒饭，就不必特意准备鸟巢形的鸡蛋了。除非是打算利用其新颖、香艳的外表给食者带来视觉上的冲击，否则真的很难说服自己去费这番工夫。

300 克米饭 3 个鸡蛋？

最后，让我们来研究一下鸡蛋的用量。

到此为止我做 1 人份炒饭，都是用 200 克米饭配 1 个鸡蛋。但问题是，这个配比真的合适吗？在炒了无数次之后，我发觉放 1 个鸡蛋的量是略大的。

就这样，我对别人做炒饭时放多少材料产生了兴趣，并因此调查了许多菜谱。

200 克米饭放 1 个鸡蛋、220 克米饭放 1 个鸡蛋、230 克饭放 1 个鸡蛋、270 克米饭放 1 个鸡蛋、300 克米饭放 3 个鸡蛋……

除去 300 克米饭放 3 个鸡蛋的做法，其余都是放 1 个鸡蛋，米饭的用量在 200 ～ 270 克之间，差异并不大。至少没有像大葱那样"想放多少就放多少"。

我把每一种都做来吃了，其中 270 克米饭放 1 个鸡蛋的方案，在我看来是最平衡的（但是一次炒 270 克米饭似乎是过量了，完成后的效果并不十分粒粒分明）。

唯一的例外——300 克米饭放 3 个鸡蛋的方案当然也实验过。这个比例相当于 200 克米饭放 2 个鸡蛋，换句话说，鸡蛋的用量要比"基础烹饪法"多 1 倍。一口气倒入那么蛋液，锅里的温度一定会大幅下降，让粒粒分明变得难以实现。但是更多的蛋液应该会令蛋液外衣的效果更好。粒粒分明的效果究竟是会增强还是减弱呢，我有些跃跃欲试了。

照旧将锅加热至 350 度后倒入 3 份蛋液，温度一口气掉落到了 110 度。尽管如此，做成的炒饭却没有预想中那样粘嘴，大概是蛋液外衣的效果已达到极致吧。

但是和其余几种做法相比，粒粒分明的程度却不理想。如果是在餐馆里点炒饭，放这么多鸡蛋倒是有可能让人心中暗喜，在家就没必要了。

米饭最多放 230 克

将 1 颗鸡蛋分开使用的做法并不现实，做 1 人份炒饭必然要使用 1 整颗鸡蛋。那么为了追求鸡蛋与米饭的最佳比例，只有去调整米饭的用量。

在上一篇中曾提到，我个人感觉刚刚好的配比，是炒 270 克米饭放 1 个鸡蛋。但是，米饭的量太大会导致温度下降，从而无法做出粒粒分明的炒饭。

"基础烹饪法"中的米饭 200 克这一标准，是以制作 1 人份炒饭为前提的。但是对于一个家庭来说，很少有机会只做 1 人份的炒饭，通常都是夫妇 2 个人，或是加上孩子 3 个人一起吃，所以是要炒 400 ～ 500 克吧。

然而迄今为止，我还从没有把 400 克米饭炒得像 200 克那样粒粒分明，完成后的效果无论如何都有些粘嘴。

事实上，在大多数职业中华料理人的菜谱中，米饭的用量也是被限制在了 200 ～ 300 克。一次性用 3 合米饭做出 4 人份炒饭，这种极端的做法要么属于家庭菜谱，要么就是居酒屋而并非中华料理店里的做法。

大多数料理职人会认为，一次能够烹饪的米饭的分量是存在上限的。即使是用餐馆里火力惊人的炉灶，上限恐怕也只有 300 克。我用家用炉灶已炒过几百回，就个人体验而言，能够做出粒粒分明的上限是 230 克。如果量再大，翻炒就会有困难，最终怎样都会粘嘴。

作为结论，即使与 1 颗鸡蛋是最佳配比，以我目前的实力将 270 克米饭炒至粒粒分明也是不可能的。

5 个鹌鹑蛋的效果如何？

这样一来便有两条路可走：寻找个头尽量小的鸡蛋，或者放弃最佳配比。

通常能够买到的鸡蛋，每个的重量在 50 ～ 60 克。这一重量与 270 克米饭相匹配，意味着"基础烹饪法"中的 200 米饭，需要一颗重量为 37 ～ 44 克的鸡蛋。

其实我身边就有这样的蛋。我家养有乌鸡，乌鸡蛋的个头要比普通鸡蛋小一圈，去壳后的重量大约是每颗 40 克，可以说分量刚刚好。我当即炒了一盘乌鸡蛋炒饭，效果令我非常满意。

但话说回来，这也是因为我家可以自产乌鸡蛋，如果是去市场上买，1 颗就要花费超过 100 日元。"为了制作炒饭特意购买高级鸡蛋"，这种做法多少有悖于本书的初衷。何况乌鸡蛋并非任何一家市场都有销售，这样的鸡蛋让我如何推荐给读者呢？

乌鸡蛋（右）的个头会比普通鸡蛋（左）小一圈

那么使用鹌鹑蛋又如何呢？鹌鹑蛋的价格相对低廉，任何一家超市都能买到。而且这种蛋的个头非常小，方便对分量进行微调整，这点也令人满意。我从超市购入的鹌鹑蛋，去壳后每颗重 8 克，5 颗刚好 40 克。

就这样，我尝试用 5 颗鹌鹑蛋和 200 克米饭制作了炒饭。从食材搭配的角度讲，这种配比确实不错，只是味道会和使用鸡蛋时略有不同——虽然不好形容，给人的感觉是味道变寡淡了。

为了进行验证，我又使用鹌鹑蛋做了炒蛋。意料之中地，味道很淡。一直以来我都没有发现，鹌鹑蛋竟是如此的没有味道。相比之下，炒鸡蛋要好吃得多。这样一来就算配比再合适，也不可能使用鹌鹑蛋了。

到此为止我已是黔驴技穷，只好选择放弃最佳配比。既然决定使用 1 颗普通鸡蛋，那就只好在可行范围内，让米饭的用量向 270 克靠拢。妥协之后，这个用量被定在了能够守住粒粒分明的上限——230 克。

平时我吃炒饭，200 克米饭会有些意犹未尽，所以通常是炒 220 ～ 230 克。现在再要我炒这个分量，一定程度的粒粒分明是可以保证的，因此在今后的实验中，米饭都将以 230 克为准。

到此为止，油、鸡蛋、葱、米饭的用量已经全部有了定论，在下一章中，这本菜谱将最终被完成。

鸡蛋最好炒成小块

在本章中我们获得了哪些经验呢?

首先在葱的选择上,大葱不论是香气、味道还是口感都要优于小葱,若非将色泽排在首位,应选择大葱。

关于葱的切法,如果只想增添香味,切成细葱末即可。如果还要兼顾口感,就切成粗葱末。从个人喜好出发,我会选择粗葱末。粗葱末味、香俱全,口感清脆,恰到好处地点缀了炒饭的平淡。

我曾将葱的用量定为 20 克,不过那是对炒 200 克米饭而言,现在米饭增加到了 230 克,严格来讲葱也应该增加到 23 克才对。不过葱的用量是个人喜好问题,何况 3 克差异也不足以带来质的变化,为了便于称量,我将继续使用 20 克葱末。

此外,随着米饭分量的增加,油的用量也要相应有所改变。换算后的用量是 23 毫升,不过还是那个问题,称量起来太麻烦。在原有 4 小勺的基础上再添半小勺,感觉刚好。

吸满油脂的鸡蛋碎块能有效地防止饭粒粘连,我们在翻炒时可以刻意把鸡蛋炒得碎一点。

至于米饭与鸡蛋的最佳配比,1 颗鸡蛋对应的米饭的量是 270 克。但是为了优先达成粒粒分明的目标,我决定将米饭的用量调低至 230 克。

第 6 章

是谁妨碍了粒粒分明？

现阶段的确定项目

到此为止，通往粒粒分明的炒饭的道路已经能够看到清晰的前景了。让我们总结一下现阶段已经得出的结论。在这里写下的每一条，理论上都是能够帮助我们朝向粒粒分明的目标更进一步的技巧。接下来便是要不断调整细节，在这一过程中将这本菜谱最终完成。

食材的配比为：米饭 230 克，鸡蛋 1 个，大葱 20 克。

米饭应使用在电饭煲中保温 5 小时的，而并非新煮成的。

大葱应切成粗葱末。

精制芝麻油的用量为 23 毫升（小勺 4 勺半）。

主要烹饪器具为直径 42 厘米的铁锅。

灶台火力始终开至最大。

铁锅的起始烹饪温度为 350 度。先将蛋液下锅，在其完全凝固前放入米饭。

不使用颠锅技巧，锅应始终固定在灶台上。烹饪时使用铁铲，对米饭不断重复铲碎、摊平、按压、翻面的操作。

选择咸鲜味更浓的食盐

下面让我们来逐个解决尚未定论的部分。关于此前一直没有谈论到的调味问题，本书的原则是不使用酱油，只用食盐做简单调味。

那么食盐选哪种比较好呢？直接使用家里的盐当然可以，但是为了做出顶级炒饭，可能的话我想选择咸鲜味更浓的盐。

在《书房里的意大利面哲学家》中，我曾介绍过一种名为"栗国之盐"的咸鲜味十足、味道醇厚的高品质食盐。我认为这样的盐才配得上蒜辣意大利面内敛的味道。

不过，炒饭并非一种追求细腻与通透口感的料理，食盐的咸鲜味重一点才是和炒饭志同道合。一如街上的中华料理店会使用大量化学制剂调味，只有强劲的味道才对得上炒饭的性格。

我会推荐采用海外传统制法制成的海盐。舔一下仿佛能唤醒曾经在海里呛水的记忆，日晒盐便是这样一种充满了大海气息的食盐。由于并非在锅中熬成，而是单纯依靠太阳的力量一点点结晶，日晒盐着实继承了海水中复杂多变又强烈的咸鲜味。

从方便购买的角度讲，法国的盖朗德盐或许是个不错的选择。进而考虑到短时间烹饪也能入味的需求，用来做炒饭的盐应是细粒盐而并非粗粒盐。

至于用量，和大多数料理的用盐标准一致，相当于"食材总重量的 0.8% ～ 1%"。炒 230 克米饭，完成后炒饭的重量大约为 255 克，因此食盐的合理用量应为 2.1 ～ 2.6 克。

用计量匙称量手头的盖朗德细粒盐，半小勺刚好是 2.4 克。而半小勺普通精盐的重量为 2.5 ～ 3 克，可见即使是细粒的盖朗德盐，粗糙程度也是要高于普通精盐的。由于舀在勺中时盐粒间会形成更多空隙，所以盖朗德盐的实际重量也就相对较轻。

放盐的时机大致在起锅前 30 秒。既然决定放弃颠锅，就需要更长的时间将盐分搅拌均匀，因此放盐的时机应被稍许提前。

右手持铲，左手执勺

烹饪时的具体操作方式也需要做细微调整。事实上，在反复操练铁铲的过程中，我终于发现了能够克服"铁铲不易将米饭摊平"这一难题的方法。

在第4章中，用左手持铁锅进行颠锅或前后激烈晃动的行为，曾被证明是不必要的，因此未被采纳。自从铁锅被安置在灶台上一动不动，彻底没了归属的左手总令我惶惶不安，于是我把"掌勺"的任务交给了它。

右手拿铁铲，左手握炒勺，左右互搏。铁铲由于是"以面按压"，擅长将米饭按在锅底上，但不便于执行摊平的操作。而炒勺的特性是"以点按压"，虽然用来摊平米饭很是顺手，却很难让饭粒贴合锅的表面。既然如此，就应该让它们一齐上阵，一同施展看家本领，实现面与点的协作。

右手的铁铲一边铲碎一边翻炒，并不时用左手的炒勺敲击锅底，以此将米饭摊平。之后迅速用右手的铁铲按压米饭，直至听到"滋"的声音。用铁铲翻面后重新铲碎、翻炒，用炒勺将饭粒摊开，再继续用铁铲按压……像这样不断重复这一流程，不仅不用颠锅，甚至是在双手不与锅接触的情况下将炒饭完成的。

如果是左右手各持一把铁铲，打散米饭的作业应该会更有效率，三下五除二就能做到粒粒分明吧。相比之下，左手负责用炒勺敲打、右手负责用铁铲按压和炒，操作起来则更顺手。不过放盐和放葱的时候还是需要把炒勺放下的，这点略显不便。

关于盛盘，用铁铲可以做到一粒不剩，非常方便。如果有意模仿中华料理店里的做法，将炒饭盛成半球形，只需利用铁铲将炒饭按入炒勺，再将炒勺倒扣在盘中就算大功告成了。左右开弓，自然手到擒来。

若说双手作业有何弊端的话，想象一下做炒饭时自己的样子，总感觉此人病得不轻。右手持铲左手执勺，小题大做得令人忍俊不禁，倘若再把围裙当成斗篷披在肩上，那简直就是超级英雄的扮相了。既然是全身心地扑在做饭上，就要做好被老婆孩子们当成笑柄的准备。

不过话说回来，能够在下厨时营造出如此脱离日常的氛围，不是恰好表现出了"一定要让你们吃到超凡脱俗的炒饭"的决心嘛。

简单实用的"遛油法"

在对铁锅的运用方面，同样存在少许值得注意的地方。

关于倒油，是应该先将锅加热至起烟再倒油呢，还是先倒油后点火呢？实验证明，不论采用哪种方式，做出的炒饭都是一样的。

但不论采用哪种方式，只要是使用铁锅，"溜油"的工序都必不可少。因为使用不粘锅时可以省去这一步骤，可能有读者是初次耳闻。所谓遛油，即在正式烹饪之前先向锅中倒入大量的油，以此在锅的表面形成一层油膜。倘若省略了这一步，糊锅的问题恐怕防不胜防。

职业厨师们会从油壶里将大量的油倒入锅中，待油与锅的表面融为一体，就把油全部倒回壶里，之后重新向锅中倒食用油，正式开始烹饪。

在料理人那一类天天和油打交道的人看来，这道工序或许不值一提，但对普通家庭来说，这必然是不现实的。

因此，本书将用另一种方法取而代之：起火前先将规定量的 23 毫升油倒进锅里，加热至可以随意流动后，用铁铲蘸油涂抹直径 30 厘米左右的范围，如此做出油膜。

简而言之就是借炒饭的油，达到与"溜油"相同的效果。

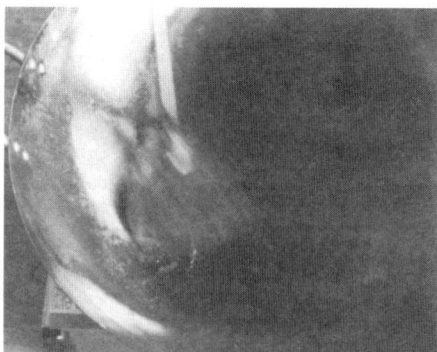

先用做炒饭的油"溜锅"

164

重新加热保温米饭

从这篇开始，我们将尽全力解决这本菜谱中最大的难题。此前我曾多次写道："食材下锅以后，如果温度能维持在230～250度，粒粒分明便将成为可能。"然而这个目标始终未能实现。

按道理讲，只要在准备阶段提升食材的温度，便可以改善食材下锅后的温度低下问题。一如第1章中的实验所示，使用新煮好的米饭和保温米饭时，温度下降的程度会好于使用冷饭的情况。

对比新煮好的米饭和保温米饭，由于水分蒸发的关系，用保温米饭做出的炒饭更加粒粒分明。然而令人苦恼的是，70度的保温米饭相较于接近100度的新煮好的米饭，温度差距仍然巨大，而温度低下问题正是由此产生的。

那么是否可以认为，只要将保温米饭加热至新煮好时的温度，问题就迎刃而解了呢？我决定使用微波加热法进行实验。相对于周富德利用微波炉"使米饭更容易散开"的观点（第2章），本书则是为了进一步提高保温米饭的温度。

微波加热不仅能提高保温米饭的温度，还能蒸发掉部分水分，可谓一举两得。

将保温5小时的米饭盛出230克，在盘中铺平，放进600

瓦的微波炉中。对加热时间进行多次尝试后，结论是 1 分 40 秒可以使保温米饭回到接近 100 度的高温。需要注意的是，加热得更久并不会使温度继续升高，但会使米饭变硬，对口感造成负面影响。

经过称量，在微波炉里"叮"过以后的米饭重 218 克，相当于减少了 5% 的水分。这一减少量无疑会对粒粒分明做出贡献。

下面就让我们实际炒炒看。先放鸡蛋，调整一次呼吸后放入米饭，这次温度仅仅下降到 180 度，和使用新煮成的米饭时一样（由于已经用微波炉加热至相同温度，这结果可以说是必然的）。

但是不同于水分充足的新煮成的米饭，得益于保温过程中流失的 1% 和加热过程中失去的 5%，这次粒粒分明的效果是迄今为止最好的。

但是不得不承认，180 度距离目标的 230 ～ 250 度还有很大差距，而且这已是微波炉加热所能达到的上限。在找到其他可行的方法之前，只好姑且满足于这 10 度的提升了。

"叮"一下冷饭，效果如何？

稍微偏离一下温度低下的主题，既然微波炉可以让保温米饭恢复到刚刚煮成时的温度，把冷饭"叮"一下又会有怎样的结果呢？冷饭的含水量可是比保温米饭还要低的。

用600瓦微波炉加热230克冷饭，至少需要2分20秒，才能把20度的冷饭加热至接近100度。此时米饭的重量为217克，相当于减少了5%的水分。

参考第1章的数据，米饭在变冷过程中会挥发掉2.6%的水分。再算上加热过程中流失的5%，"叮"过的冷饭要比"叮"过的保温米饭含水量更低。

将米饭下锅后，温度意料之中地下降到了180度。比较意外的是，米饭很容易就散成了饭粒，仿佛之前炒冷饭时费的那些功夫是幻觉一样。看来在这一点上，周富德的建议是正确的。

不过，试吃之后的感想是米饭偏硬了。"叮"过的冷饭在粒粒分明上似乎略占优势，但是"叮"过的保温米饭做成的炒饭却能让人闻到饭香，吃起来也更美味。

米饭中的挥发性香味，会在米饭变冷的过程中流失。此外就像第1章中提到的，饭粒会随着淀粉的老化而变硬。老化发生在60度以下，保温米饭不会老化，是因为电饭煲内的温度为70度，但如果把米饭盛出来并冷却至常温，老化就无可避免了。味道上的差异大概就是由此而来的吧。

那么，微波加热冷冻米饭的效果又如何呢？淀粉的老化在低于零下20度时会大幅减缓，因此只要对新煮成的米饭做急冻处理，迅速通过"容易老化的温度带（60 度至零下 20 度）"到达零下 20 度，便可以防止米饭变质。

然而这终归是理论上的假设，商用冷柜姑且不说，以家用冷柜和冰箱的性能，想要实现速冻是非常困难的。自家冷冻的米饭，味道虽然要好过冷饭，但到底不如新煮成的好吃。以牺牲味道为代价减少水分的做法得不偿失，冷冻米饭也是不合格的。

老化后的米饭经过重新加热虽然能再次糊化，但是不可能宛若新生。因此即使可以用微波炉加热，冷饭和冷冻米饭也不可能变得和新煮成的米饭一样美味。

不过，只要在高于 60 度的保温环境中保存低于 5 小时，就可以留住米饭刚煮成时的美味。保温米饭仍然是制作炒饭的最佳选择。

常温鸡蛋不合预期

预加热米饭的策略也只能将温度挽留在 180 度。看来为了防止温度低下，不能只在米饭上下功夫。事前加热其他食材是否可行呢？

大葱受热后会打蔫，所以不宜预加热。

但鸡蛋或许可行。将刚从冰箱里拿出来的鸡蛋投进 350 度的热锅中，温度一口气下降了近 200 度。如果事先将鸡蛋预热，温度低下的问题应该能得到大幅改善。

因为反复实验的过程需要消耗大量鸡蛋，我向来都是从冰箱里拿出鸡蛋就直接用掉，至于常温鸡蛋下锅后温度会怎样变化，我从未做过实验。

实验如下。首先让鸡蛋恢复到常温。现在是二月中旬，有暖气供暖的我家厨房里的温度在 23 度左右。将从冰箱里取出的 6.8 度的鸡蛋放进厨房，待其慢慢升温。15 分钟后鸡蛋变为 14 度；30 分钟后升至 19 度；45 分钟后才终于到达 23 度的常温。

将铁锅加热至 350 度后投入这枚鸡蛋，温度下降到了略低于 200 度的位置。

比起直接使用冷藏鸡蛋时掉落到 180 度，情况可以说稍有改善。但是比起高于 230 度的目标温度，常温鸡蛋肯定是不合格的。45 分钟的等待换来的是无果而终。

距离目标温度只有一步之遥

鸡蛋果然需要预热，这次我准备尝试泡热水的方法。

各家各户厨房里的供水设置可能不尽相同，不过从水龙头接到的水基本在 40 度左右；我家设定在了 42 度。用玻璃杯接

1升热水，将刚刚从冰箱里取出来的鸡蛋泡进去。

30秒后水温降低至38度，并呈继续下降的趋势。8分钟后，水温达到36度时取出鸡蛋，打破并测量温度。此时鸡蛋是30度，高出室温7度。

我想几乎所有的读者都会问："为什么是8分钟？"选择这一时长当然是有原因的。8分钟是准备其他食材所需要的时间。给食材称重、将大葱切末、用微波炉加热米饭，完成这些工序后看一眼表，差不多就是过了8分钟。

若能借备料的工夫，让鸡蛋达到有助于粒粒分明的温度，那便是再好不过的做法了。准备工作结束时，蛋壳里面的蛋液也热好了，时间一点不耽误。而且只需用水龙头里的水泡一下就能解决，非常简单易行。

用1升热水浸泡鸡蛋8分钟

"这次一定要成功啊！"我一边在心中默念一边开始制作炒饭。

炒锅达到350度后相继放入蛋液和米饭，这次温度仅仅下降到了210度。而在那之后，不但温度始终维持在230度以上，完成后粒粒分明的程度也是前所未有的。

考虑到我们的目标是"食材下锅后高于230度"，210度这个数字着实有些可惜。不过由于温度回升速度快，粒粒分明的效果显著，泡热水仍然是个可取的方案。

此前虽然已有人提出过"让鸡蛋恢复到常温"的做法，不过"给鸡蛋泡热水"的方法我还不曾在任何地方见到过。别看操作如此简单，我也是直到今天才发现的。这条应该可以纳入最终菜谱吧。

理所当然地，当浸泡时间超过8分钟后，鸡蛋的温度还将继续上升。如果这样仍不足以达到230度，还有提升水温这一招可用。那么既然找到了方向，之后便是对时长和水温进行小幅度调整……

尽管已经有了想法，我却怎么也提不起干劲儿来。制作炒饭这件事，重要的是一气呵成。从烹饪流程的角度考虑，如果浸泡时间超过了备料时间，或是为做炒饭特意去烧热水，这样真的有必要吗？我不禁陷入了沉思。

就在我举棋不定、一筹莫展的时候，我在偶然间获得了一个意想不到的重大发现。

只要能达到 230 度

终于要进入收官阶段了，以到此为止的所有经验教训为这本菜谱画上圆满的句号，然而鸡蛋的温度问题仍然悬而未决……

正当我伤透脑筋的时候，本书的编辑找到了我。其实在很早以前我就曾和编辑说："想测量一下职业厨师制作炒饭时锅的温度。"大概是不想厨师在工作时被打扰吧，一直没有餐馆回应我的请求。这次据说是终于有家餐馆肯接受请求了。

一如之前写到的，我曾找到了一种理论依据，类似于"粒粒分明的前提条件是食材下锅以后温度仍能保持在 230 度以上"，并越发地对此深信不疑。我想测量职业厨师的烹饪温度，正是为了证明这一假设的真实可靠性。

为此，我拜访了位于东京银座的上海料理店"四季"，以及这里的主厨——来自上海的陆鸣师傅。说到炒饭，日本人大多会想到广东，不过江南一带也是食米之乡，炒饭在上海同样属于家常美食，因此于我而言，这次"四季"之行也算得偿所愿了。

就这样，我走进了"四季"的后厨，准备好温度计守在灶台旁。商用炉灶的火力确实了得，只是站在一旁就能感受到热浪滚滚袭来。

陆鸣师傅将广东锅置于灶台上，先是让大量的油在锅里溜一圈，然后重新撒两大勺。这里做炒饭似乎也是"先放鸡蛋"，只见陆鸣师傅先将蛋液倒进了锅里。蛋液临下锅前，锅里的温度是272度，比想象中低。不等喘一口气的工夫（4秒），仅2秒后米饭也下了锅。

米饭就是用家用电饭煲做出来的——按刻度加水，通常方法蒸煮，之后保温保存。不过据说对保温时间并没有特殊要求。我拜访"四季"是在下午4点左右，米饭若是中午煮成的，此时已保温4～5小时。

陆鸣师傅并不会特意用微波炉给米饭加热（以商用炉灶的火力自然是不需要的），不过米饭和我使用的一样，都是用普通方法煮成后经过保温的米饭。

餐馆的炉灶果然不可小觑，即使不间断地放入蛋液和米饭，锅里的温度也只下降到了230度。这样一来，272度的起始温度就完全够用了，并不需要像我那样从350度起步。

之后烹炒时，陆鸣师傅始终使用中火而并非强火。尽管如此，锅里的温度却一直保持在230～270度。看来即使是中火，火力也足够强劲，不能按照家里中火的标准去衡量。

其实商用炉灶完全可以达到更高的温度，但是换个角度讲，陆鸣师傅应该是认为"有230度就足够了"。了解到自己摸索出来的"230～250度"这个温度区间还算靠谱，我感到很是欣慰。

陆鸣师傅手中只拿一把炒勺，除了激烈地翻炒，还要不时用炒勺将米饭敲打平整，然后以颠锅让饭粒腾空而起。只有在颠锅时，陆鸣师傅才会暂时将火力调大，以此弥补饭粒在滞空时失去的温度。

如此炒上一会儿，便将切丁的辅料下锅，之后继续翻炒、颠锅，将炒饭完成。全过程耗时 2 分 19 秒。

尽管没有铁铲的用武之地，米饭确实有受到来自炒勺的猛烈按压。

米饭 250 克，职业烹饪也有瓶颈

职业厨师做出的炒饭是名副其实的粒粒烫嘴和粒粒分明，我摸索到最后自认为也实现了粒粒分明，但终归比不过职业水准。此次"四季"之行让我切身体会到了家用炉灶与商用炉灶间的实力差距。

据陆鸣师傅透露，这次演示中米饭的用量是 250 克。对职业厨师来说，炒再多一倍的米饭也不成问题，但是这样一来香味会打折扣，而且不可能做到如此粒粒分明。如果想保证品质，250 克便是上限了。

就连餐馆里的炉灶最多也只能炒 250 克，在家做炒饭的话，同等分量的难度可想而知。此前我认为充其量可以炒 230 克，现在看来这个量还是很合理的。不管怎样，如果想吃到粒

粒分量的炒饭，做两人份时就只能分开炒了。

虽然是题外话，陆鸣师傅的炒饭里面是有加入金华火腿丁的。火腿的存在为整盘炒饭增添了美妙的风味。

尽管我曾声明，本菜谱将不会涉及通常做炒饭时必放的叉烧肉等猪肉类菜码，也对此做出了解释，不过，高品质金华火腿的加入，确实令这盘炒饭的"段位"有了突飞猛进的提升，令我不禁想要把这样的体验记录下来。

去掉水分过多的蛋清

职业厨师对温度和米饭用量的把控，都和我预想中的相差无几，了解到自己暗中苦苦摸索的成果并非那么不靠谱，我不禁松了口气。

但是事实上，此时此刻我是非常不甘心的，心想："原来如此！我怎么一直没想到呢！"

我曾在本书的第 146 页这样写道："（蛋液）粘锅的原因是蛋清含水过多……"

其实在这个问题上，陆鸣师傅的对策是"只使用 2 个蛋黄"（因为只是粗略将蛋黄与蛋清分开，蛋液中也含有少量蛋清）。除去水分占到 9 成的蛋清，只使用水分不到 5 成、近 3.5 成都是脂肪的蛋黄，不但糊锅的概率大幅下降，做出的炒饭也更干爽。陆鸣师傅把炒饭做得如此粒粒分明，应该也有这方面的功劳才对。

自己明明已经写道"蛋清含水过多"，怎么就没想到这一点呢！何况像是"蟹肉炒饭"这种只使用蛋清的做法自己也是知道的，却仍然没能迸发出"只使用蛋黄"的灵感。重读曾经写下的原稿，我体会到了咬牙切齿的心情。

1个蛋黄的重量在20克左右，2个便是40克。就算多少带些蛋清，也只有几克重量，加在一起仍然要小于一整颗鸡蛋的重量（50～60克）。我曾认为一颗鸡蛋的量过多，家里40克左右的乌鸡蛋正好，从这个角度讲，2个蛋黄也是理想的选择。

进一步讲，陆鸣师傅是分两次将蛋黄下锅的。类似的解法，我自己倒是也想到过。在写第2章时我就曾得出结论：后放鸡蛋的话，可以让粘在一起的饭粒分开。

虽然心有不甘，不过对于在炒饭的丛林中迷失了方向、心乱如麻的我来说，一味期待灵感降临是不现实的，这里请允许我诚心地对陆鸣师傅道一声感谢。

实际烹饪时，先将半份蛋黄液下锅，紧接着放入米饭，翻炒约一分钟后，再将另一半蛋黄液浇在米饭上。陆鸣师傅是这样解释的：第一次是为了让米饭粒粒分明，第二次则是为了给米饭染上金黄色。但其实第二次也有令米饭更加粒粒分明的作用。而且对于我们这些在家做炒饭的人来说，非常难能可贵的一点就是：分两次下锅可以有效地抑制温度下降。

陆鸣师傅做炒饭的起始温度是272度，商用灶台的真正实力远不止如此，分两次倒入蛋液不一定是为了防止温度低下。但是对于火力贫弱的家用炉灶来说，这项技巧却是强大的制胜砝码。

使用托盘，让蛋液迅速恢复常温

让我们来实际操作一下吧。此前的1整颗鸡蛋将由2枚蛋黄取代，分两次下锅。

先将蛋黄在容器中打散。和陆鸣师傅一样，我的蛋黄液里也掺杂了少量蛋清。

其实在多次实验之后，我发现混入少量蛋清是十分有必要的。如果把蛋清剔除得干干净净只留下蛋黄，不但鸡蛋会失去蓬松的口感，炒饭也会缺少其特有的香味。所谓的"炒饭味儿"，似乎在很大程度上取决于蛋清被炒熟后散发出来的香味。

关于蛋清保留多少的问题，磕开鸡蛋后，我们可以用半个蛋壳托住蛋黄，并取一容器接住蛋清中较浓稠、弹性较强的部分，之后将残留在蛋壳中的蛋清与蛋黄一起打成蛋液即可。不

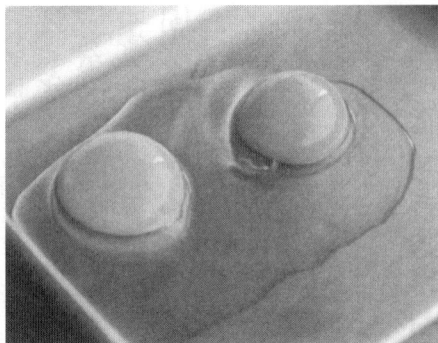

重点是不要将蛋清完全剔除，保留图中程度即可

过，随着鸡蛋鲜度的下降，浓稠的蛋清会变成更多的水蛋清，用量也就需要重新调整了。

具体的保留量可以参考上面的照片。请注意，千万不要把蛋清剔得一干二净。

这次我使用的鸡蛋是刚刚从冰箱里取出来的，并未泡过热水。2 个蛋黄的分量大致是 1 整颗蛋的 2/3 多一点，如果是分两次下锅，每次便只有此前的 1/3。温度降低的问题想必可以得到极大缓解吧。

此外，这次我还引入了另一种新技巧——在方形托盘中打散蛋液。蛋黄被打散后会在托盘中摊成薄薄的一层，由于表面积增大了，蛋液恢复至常温的速度应该有所提升。果不其然，不过 5 分钟便回升到了室温的 21 度。使用托盘的话，备料阶段的 8 分钟时间应该足够蛋液恢复到常温了。

向锅中倒油，加热至 350 度后倒入一半蛋黄液，此时铁锅

178

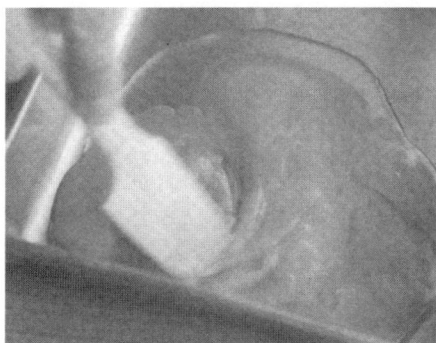

使用方形托盘，不到 8 分钟即可恢复至常温

中心区域的温度仅下降到了 250 度，"哦！挺过来了！"我不禁叫出声来。投入量一旦小到这种程度，使用常温鸡蛋果然也不是问题了。

蛋黄液转眼就变成了固体，我效仿陆鸣师傅，不等喘一口气的工夫，2 秒过后就放入米饭。尽管如此，锅里的温度仅仅下降到了 240 度。在经历了漫长的试错后，高于 230 度的目标终于被我实现了。

我双手持炒勺和铁铲开始翻炒，不过在这个阶段，已经能感觉到米饭的粒粒分明程度是前所未有的。饭粒统统被披上了金黄色的外衣，但是翻炒起来的手感与使用全蛋液时并没有不同。与此前一样，米饭下锅后温度迅速回升，之后一直保持在 240 ～ 270 度。

翻炒 1 分钟后倒入剩余的蛋黄液，于是粒粒分明的程度再下一城。这次温度几乎没有下降，只使用蛋黄的话，温度的回

179

升是在瞬间完成的，粒粒分明的效果也较使用全蛋液时有显著提升。

火候差不多了就放盐，搅拌均匀，关火前放粗葱末，再翻炒一次即可盛盘。参考陆鸣师傅的演示，整个烹饪过程被我控制在了 2 分 20 秒。

告别"相当粒粒分明"

尝一口做好的炒饭，较之使用全蛋液时香味有大幅提升，鸡蛋的味道非常浓郁，而且粒粒分明的效果提升显著，这是最关键的。好吃！

我让家里人也尝了尝，果然获得了一致好评。妻子说"这是迄今为止最好的一次"；上小学的女儿告诉我她觉得"超级粒粒分明！"；正值青春期的儿子虽然什么都没说，却默默吃得比谁都多。

此前在形容自己做的炒饭时，我总是写"相当粒粒分明""非常粒粒分明"。其实和着手写这本书之前相比，我可以很自信地说"比那时强多了"，但是，和餐馆里的炒饭相比仍然有较大差距——不能心安理得地写"粒粒分明"，正是出于这种自愧不如的心境。

但是这次完成的炒饭，却可以说是"不逊于职业水准"

的、压倒性的粒粒分明。这下我也可以和"相当"与"非常"挥手道别，挺起胸膛写"粒粒分明"了。

这还要归功于将蛋液分两次下锅的策略。那么"分三次下锅是否能更好地防止温度低下呢"？我得意忘形地进行了实验，结果蛋黄瞬间就凝固了，来不及包裹住所有的饭粒。

话虽如此，不过是将全蛋液替换成蛋黄液，并分两次下锅，粒粒分明的效果就能发生如此大的变化，实在令人惊讶不已。

但若论及鸡蛋的松软程度，还是放蛋清时的口感更好，不过，考虑到粒粒分明的效果和浓郁的味道，任谁都会毫不犹豫地选择只放蛋黄吧。

可能会有读者问："剩下的蛋清该如何处理呢?"其实只要像做中式鸡蛋汤那样，把蛋清做成"蛋清汤"，或是做成挂卤

"炒饭伴侣"：蛋清汤

炒饭的菜码，和炒饭一起食用就可以了。

此外，例如在做虾仁炒饭时，用蛋清混合太白粉揉搓虾仁，以去除虾的腥味，也不失为一种用法。如果当天没有机会用掉，也可以将蛋清冷冻保存起来。

虽说为了用掉蛋清需要我们额外花些心思，但是体验过名副其实的粒粒分明之后，我相信任何人都是不会有怨言的。

值得一提的是，由于不放蛋清以后糊锅的概率大大降低了，我们可以相应地减少食用油的用量。

我曾在第 3 章写道：出于对口味的考虑，食用油放一大勺（15 毫升）为最佳。话虽如此，考虑到鸡蛋和米饭有粘锅的风险，最终我还是决定放更多的油。但如果只使用蛋黄的话，只放一勺油是不会粘锅的。

于是我把油的用量又恢复到了一大勺。由于第 3 章的实验标准是米饭 200 克，换算成 230 克，油的用量便是 17 毫升。不过经实际测试后发现，即使只放一大勺也毫无问题。味道更好，计量起来也更方便，一大勺便是今后的标准量了。对于我久经试吃、疲惫不堪的肠胃来说，清爽美味的健康炒饭无疑是求之不得的。

此时此刻，圆满达成粒粒分明目标的喜悦和只差一步未能靠自己发现秘诀的懊悔交织在一起，第一次在自家厨房里做出来的粒粒分明的炒饭，吃在嘴里可谓五味杂陈。

最佳烹炒时间

最后，我想探讨一下烹饪时长的问题。

"基础烹饪法"的烹饪时间一直被规定在 1 分 30 秒，但这不过是取了大多数菜谱中 1 ～ 2 分钟的中间值，而陆鸣师傅的 2 分 19 秒明显要长过这个时间。那么在家做炒饭时，2 分 19 秒是否同样可以被视为一个最佳时长呢？这个问题仍然有待检验。我决定采用不同的时长进行烹饪，并对结果进行对比试吃。

首先是只炒 1 分钟的情况，炒饭完全说不上粒粒分明，感觉只是"含水量较低的普通米饭"。毫无疑问，是烹饪时间太短了。

烹饪 1 分 30 秒时，粒粒分明的状况显然好于前者，但米饭仍然是湿乎乎的，可见仍然有很大的改进余地。

当烹饪时长达到 2 分钟时，米饭已经相当粒粒分明，吃起来的感觉相比 1 分 30 秒的情况有了长足的进步。

将烹饪时间延长至 2 分 30 秒后，粒粒分明的效果进一步提升，多数饭粒都被烤出了焦色，散发着焦香，虽然口感偏硬，但仍然好过 1 分半的情况。

当烹饪时长达到 3 分钟时，掀起的饭粒已经可以在锅中弹跳。饭粒好像被煎过似的，变得更硬，焦色也更严重。

更有甚者，仿佛被油炸了一样脱水干瘪，由于这种饭粒占到了一定比例，嚼起来会发出"咔吱咔吱"的声音。与其说这是粒粒分明，不如说是粒粒酥脆。把炒饭做成这样显然是炒过了。

于我而言，表现最好的是 2 分钟，其次是 2 分 30 秒。我也让妻子尝了，她表示最喜欢 2 分 30 秒的炒饭，理由是粒粒分明的效果最好，米饭硬一些，味道更香；其次是 2 分钟的炒饭。于是乎，我又在 2 分和 2 分 30 秒之间进行了多次摸索，结果是 2 分 10 秒给我的感觉刚刚好。

不过，人的喜好各不相同，烹饪环境和烹饪前米饭的状态也会对烹饪时长造成影响，各位读者可以参考我的经验，再做细微调整。作为另一项结论，陆鸣师傅的 2 分 19 秒对于在家烹饪来说同样是一个妥当的数据。

有趣的是，在只使用蛋黄的情况下，越是延长烹饪时间，粒粒分明的程度就越显著。使用全蛋液就大为不同，长时间的翻炒并不能改善粒粒分明的效果。

这是为什么呢？既然区别仅在于将全蛋液替换为蛋黄液，那么一定是蛋黄的效力了。

蛋黄中的水分较少，脂肪和蛋白质的含量较多。较之使用全蛋液的情况，进入锅中的水分减少了，淀粉的糊化受到抑制，同时饭粒被富含脂肪的蛋液所包裹——是否就是出于这种原因呢？在第 3 章中我曾指出，蛋液外衣实质上是由"蛋液薄膜"与"油膜"共同构成的，因此，当这一组合被替换为"蛋黄薄膜"与"油膜"时，外衣中的水分更加稀薄了，油脂部分变得更加浓厚了。

此外，在凝固速度上，蛋清是自58度开始缓慢凝固，到80度为止完全凝固，蛋黄则是始于65度，止于75度左右。相对而言是蛋黄凝固得更快，因此自然能更有效地防止饭粒粘连。

蛋黄液含水较少，富含油脂，凝固更迅速，是远比全蛋液更卓越的"保护涂料"。

"商务锅"足以满足日常所需

差不多可以介绍完整版的菜谱了……哦，还落了一个问题，关于广东锅的尺寸。

其实是我开始犹豫，是否一定要使用直径42厘米的特大号铁锅。拜这口大锅所赐，我做出的炒饭要比使用27号铁锅时更加粒粒分明，一如各位读者在第1章中所见。而且既然决定不去颠锅，再大的锅操持起来也是不成问题的（前提是灶台放得下它）。

但是在反复实验的过程中，"这个尺寸对于家庭烹饪来说会不会太大呢？"我开始反思这个问题。把这口锅放在三个火

185

眼的家用灶台上，其余两个火眼就没法用了，这样还怎么用剩下的蛋清做蛋清汤呢？

而且由于它只能勉强能放进水槽，刷锅时会很不方便，必须先把其他餐具收拾干净，把水槽腾空，才终于轮到洗它。

像我这样以研究料理为职业的人或许还好，但是对于每天有干不完的家务事还要做饭的人来说，这口大锅恐怕就显得太碍事、太难操作、太不现实了。

考虑到铁铲的必要性，如果一定要使用广东锅的话，是否能换一口小点的锅呢？

现在看来，自己直接从 27 厘米升级到 42 厘米，是"步子迈得太大了"。虽说"入门级"让人施展不开，一口气跳到"旗舰级"的做法却又有些不切实际。如果想在力所能及的范围内对自己好一点，"商务级"或许是个不错的选择。

就这样，我决定在即将大功告成之际，重新审视锅的大小。既然对鸡蛋的运用已变为只使用蛋黄，并且分两次下锅，对锅的要求也应该和第 1 章时不可同日而语了。

利用热变性决定锅的大小

既能保证炒饭的品质，又能带来令人满意的操作性，究竟多大的锅才能做到两全其美呢？

铁锅颜色的变化为我提供了线索。自从购买了这口 42 厘米的大锅，我一直用最大火力灼烧它，然而靠近锅边的位置几乎还保留着当初的颜色。换句话说，即使将火力开至最大，火焰也是无法够到锅边的。

而靠近锅中心的位置已经因受热而发生变色，说明该区域曾耐受过一定程度的高温灼烧。经测量，变色主要发生在锅中心半径 15 厘米的区域内。由此可见，如果一口铁锅的直径为 30 厘米，那么即使是我家灶台的火力，也是能够直达锅边，使其变色的。

经测试，当使用最大火力加热 42 厘米的铁锅，并当最热区域达到 350 度时，锅的边缘位置尚未达到 100 度。即使继续加热到传感器启动、火焰自动熄灭，边缘温度也依然不及 100 度。

那么是否可以认为，未经变色的部分就是烹饪过程中"不必要的部分"呢？若是这样的话，不如舍弃变色分界线以外的部分，毕竟一口锅有 30 厘米宽就够用了。不过可以肯定的是，我们平时用锅不可能尽着锅边使用（炒饭会掉出去），打出富余量的话，32 ～ 36 厘米这个大小应该可以考虑。

我试着将 1 人份的 230 克米饭平铺在 42 厘米的铁锅里，米饭大致覆盖了一个直径 24 厘米的区域。那么就算换成了 32 ～ 36 厘米的锅，距离锅边也是有富余的。

克服小锅的弱点

我找到了一款直径 33 厘米、厚 1.6 毫米的广东锅。相比同样大小、厚 1.2 毫米的型号，由于质量多出了 33%，储热量也将同比增加。换句话说，当储热量不变时，越是增加锅的厚度，就越可以将锅做小。

这款 1.6 毫米厚、33 厘米宽的铁锅重 1.4 公斤。我还找到了另一款 1.2 毫米厚、36 厘米宽的铁锅，重约 1.3 公斤。33 厘米这款的尺寸虽小，储热量却更大，要换新，就选它了。

我在网上下了单，送到后的第一印象果然不同于 42 厘米的特大号，不会离谱到只是放在厨房里就招来异样的眼光。

这口锅的表面积只有特大号的 60%，重量也要轻上 300 克，因此不论是在操作、清洗还是收纳方面，其便利程度都是一目了然的。

但是当真正需要用它做炒饭时，却发现不那么顺手。因为习惯了 42 厘米的尺寸，翻炒时会感到诸多不便。如果有颠锅的需求，评价或许会有所不同吧，但是在固定不动的情况下，表面积上的差距就显得尤为直观。用铁铲按压的技巧也不再能随心所欲，摊平米饭时达不到想要的效果。

从高度上讲，33 厘米的铁锅高 10 厘米，42 厘米的铁锅高 13 厘米。相对而言，是 42 厘米的铁锅更浅，锅底更接近于平

较之 33 厘米的铁锅（左），42 厘米的铁锅（右）操作起来更顺手

面。或许就是因为这种微妙的差异吧，导致手感完全变了样。

但是不管怎样，味道好才是最关键的。然而遗憾的是，对比试吃的结果显示，用 42 厘米的铁锅做出来的炒饭口感更干爽，用 33 厘米的铁锅完成的炒饭则感觉水分偏多。

由于受热不充分、无法超过 100 度等原因，我曾假设 42 厘米铁锅的外围部分可有可无，因此才相信小锅不会对味道造成影响。事实却是品质存在差距。

难道是 300 克的重量差距造成了储热性能的差距吗？然而测量温度的结果显示，将蛋液与米饭下锅后，两边的温度均在 240 度上下，并无明显差异。原因究竟出在哪里呢？

唯一能想到的，是 42 厘米的锅相对较浅，底面更平缓，因此更容易将米饭摊开，更有利于铁铲的按压。会不会是这种差异造成的呢？为了追求粒粒分明，难道非 42 厘米的铁锅不可吗……

且慢。仔细想来，这个问题是有现成对策的。从过去的经验中我们了解到，只使用蛋黄做炒饭时，随着烹饪时间的延长，米饭将变得愈加粒粒分明，甚至是粒粒酥脆。如果只是水分略多的话，延长烹饪时间就好了。

我马上重整旗鼓。烹饪时时刻注意将米饭摊平，如此操作2分40秒以后，终于做出了不逊于42厘米铁锅的粒粒分明的效果。

不输给餐馆的粒粒分明的炒饭的烹饪法

下面将要揭晓的就是完成版的菜谱了。希望这道不输给餐馆的粒粒分明的炒饭能让大家一饱口福。

【厨具】

直径33厘米、厚1.6厘米的广东锅（请务必使用中式铁锅）。

中式铁铲

中式炒勺

【原料（1人份）】

米饭230克（不要使用新煮成的米饭，而是要使用保温米饭）

蛋黄2个（含少量蛋清）

大葱 20 克

精炼芝麻油 1 大勺

食盐 2.4 克（半小勺）

【烹饪方法】

①将蛋黄打散，放入四方形托盘等较浅的容器中备用。

②将大葱切成粗葱末。

③将米饭平铺在托盘中，不覆盖保鲜膜，微波加热 1 分 40 秒。

④向锅中倒入芝麻油，并将火力开至最大。待油可以滑动后，用铁铲蘸油涂抹直径 30 厘米左右的范围。

⑤当铁锅接触明火的部分达到 350 度时（大致为点火后 1 分 30 秒），倒入一半蛋黄液。

⑥2 秒后倒入米饭。

⑦右手持铁铲，左手持炒勺，不断重复搅拌、摊平、按压、翻面这一流程。

⑧约 1 分钟后，倒入剩余的蛋黄液。

⑨翻炒至鸡蛋与米饭充分混合，放入食盐，继续翻炒。

⑩1 分 30 秒后（开始烹饪 2 分 30 后）放入葱末，迅速用铁铲翻炒均匀，关火。

此外，由于灶台火力、锅的种类、米饭状态的不同，最佳烹饪时长也会有所变化，请大家根据各自的烹饪环境进行细微调整。

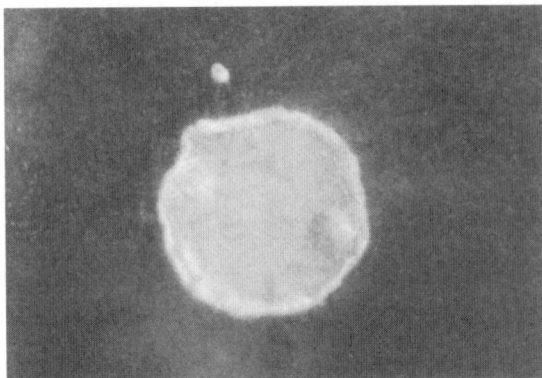

⑤倒入蛋液2
秒后，鸡蛋
的凝固程度

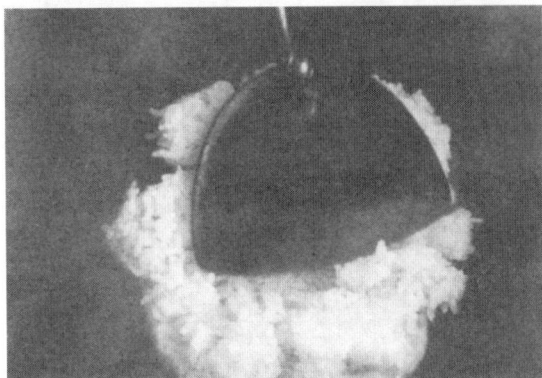

⑥米饭下锅
后要迅速捣
碎

⑦用铁铲按
压米饭

⑦用炒勺敲打锅底，让米饭摊平

⑧第二次倒入蛋液，让炒饭更加粒粒分明

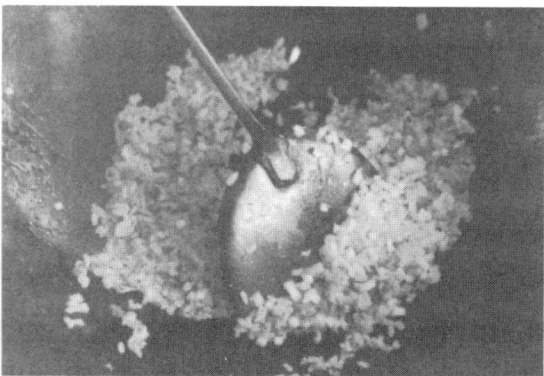

⑩放入葱末后，迅速翻炒一下就关火

盛炒饭的盘子最好具有一定深度，这样可以减缓温度下降，让炒饭保持在粒粒烫嘴的状态。我曾在《书房里的意大利面哲学家》中以同样的理由推荐用麦片碗盛意面，用它来盛炒饭应该也是不二的选择（参考本章首页照片）。

灵活运用猪油的浓郁味道

菜谱完成了，但不可否认，它仅代表了一种最朴素、最中庸的炒饭做法。在本书的最后，我将运用到此为止积累的全部经验，争取让这盘最朴素的终极炒饭锦上添花。

如果此前介绍的烹饪方法仍然让你觉得差一口气，那么最有可能的情况就是嫌它"不够味儿"吧。这也难怪，因为精制芝麻油本身就没什么味道。

一如第 3 章中写到的，猪油可以让炒饭的味道变浓郁，但猪油并不完美，当所有食材都经猪油"染色"后，蕴含在米饭和鸡蛋中的味道细节将变得难以辨识。至少对我个人而言，猪油的味道和它厚重的口感是过于强烈了，何况吃太多猪油，肠胃也会招架不住。

因此，我决定避免千篇一律地用猪油"染色"，同时减少猪油用量，以减轻对肠胃的负担。

话虽如此，食用油的整体用量是不容减少的，15 毫升已是底线。于是，我试着将猪油与其他食用油混合在一起，调配出15毫升的调和油。

第一种搭配对象是精制芝麻油。按照1∶1的配比将猪油与精制芝麻油混合后，使用这种调和油制作炒饭。这样做出来的炒饭，猪油味仍然很重，口感也依然浑厚。看来猪油的用量还要再少一些。

我继续尝试以2∶1的配比将这两者混合：精炼芝麻油2小勺（10毫升）加猪油1小勺（5毫升）。这次做成的炒饭虽然同样具有十足的猪油味和浓郁的口感，吃起来却不觉得腻，对消化系统也并未构成负担，让人吃得舒舒服服。这个配比看来刚刚好。

进而，我又实验了用花生油替代芝麻油的调和方案。照旧使用2∶1的配比，效果却是出人意料的惊艳。花生油独特的香味和猪油的特性叠加在一起，打造出的味道令人回味无穷。

使用芝麻油调和虽好，花生油的风味更是独具一格。相比芝麻油的矜持，花生油与猪油的组合有着令人无法拒绝的霸气，如果是抱着不让某人说"好吃！"就誓不罢休的心态做炒饭，调和油我一定会选后者。简而言之就是极具"蛊惑性"的味道。

这种调和油的配比，我一定把它要添进终极炒饭的菜谱里。猪油一定要用自家提炼的，猪肉则一定要出自吃萨摩番薯长大的黑猪。

做奢华的炒饭，用讲究的大米

既然在食用油上已经花了这么多心思，对大米更不能敷衍了事。用来做终极炒饭的大米，我会选择粳米与籼米的杂交品种"萨莉公主（Princess Sally）"。这种大米既有籼米的香，又有粳米的味，用它做出来的炒饭粒粒分明得令人陶醉。

事实上，日经典藏系列丛书"水田逻辑学"的作者松下明弘先生有一位在静冈市经营"安东米店"的盟友长坂洁晓，在这位长坂先生的指导下，我已经就"最适合做炒饭的大米"这一课题进行了一段时间的研究。

由于"越光"系的黏性大米不合适用来制作炒饭，我决定去寻找更容易实现粒粒分明的品种。遗憾的是，受篇幅所限研究成果无法在本书中予以介绍，不过这部分内容已经被发布在了如下网页上。

http://saruhachi.net/chahan/

此次研究的收获颇多：用"朝日之梦""初霜"等本土品种"旭"的子孙，可以做出粒粒分明又好吃的炒饭；用"笑丸"（九州等温暖地带的名品大米）完成的炒饭不干不湿，紧实又有弹性，由此诞生出了一种只能用"丰盈"来形容的新口感……

在这一过程中，被我认定为"最适合做炒饭"的品种正是

"萨莉公主"。

鸡蛋方面，有条件的话也可以选择用优质饲料喂养出来的高品质鸡蛋。于我而言那便是自家出产的乌鸡蛋。1 颗乌鸡蛋的蛋黄重量为 13 ～ 14 克，一次使用 3 颗刚好。

这样一来，食盐也要具备相应的档次才行。同样是盖朗德盐，被誉为"盐之花"的在日晒过程中最初结晶的"初生盐"进入了我的视野。只不过，盐之花的纯度极高，口感圆润轻柔，被认为是最能发挥食材本来味道的海盐。如果想以更强烈的咸鲜味打动食者，还是普通的盖朗德细粒盐更适合拿来做炒饭。

在此基础上若再加入金华火腿，这盘炒饭的味道还将获得更进一步的升华。

食材的品质虽然有所提升，烹饪方法本身却和此前的菜谱别无二致。

在深入探索过炒饭的丛林后，最终完成的这一盘可以算是汇总了全部经验的集大成之作吧。虽说耗费精力财力，还望各位读者能够亲自体验一番。

终　章　磨磨叽叽也可以粒粒分明

王士秀失败的原因

终极炒饭的菜谱定稿以后，我又重读了《美味大挑战》中《明火的威力》这一篇，于是有了新的发现。在经历了无数次各式各样的实验后，我开始留意到画面中微小的细节。

仔细观察"懦弱废柴时期"王士秀的烹饪场面，王是在把米饭与辅料下锅后，进行翻炒的时候，直接将鸡蛋磕进了锅里的。

一如第 5 章中提到的，蛋清里的水分会让米饭发黏，并增大粘锅的概率，因此应与蛋黄混合使用。此外，就像第 2 章中的实验所示，倘若先炒米饭，后倒入蛋液，由于不易混合、裹衣不均，部分饭粒会粘在一起，完成后的炒饭也会带有特殊的软糯口感。

王士秀不但不经搅拌就直接使用蛋清，还将放入蛋液的时机安排在了翻炒过米饭之后，可是说是同时犯下了两个大忌。

这样一来，即使拥有火力强劲的商用炉灶，王也不可能把炒饭做得粒粒分明吧。"黏黏糊糊不是能吃的东西"，如此糟糕的评价想必就是因此而来的。

但至少在漫画里，这些问题并没有被山冈士郎一语道破。搞不好这还真是个大发现呢！如果换作我来出任王士秀的烹饪顾问，给出的建议或许会大为不同。

可以这样说，并不是因为我已经完全驾驭了强火，也不是因为我可以使出叹为观止的颠锅技艺，让饭粒直接接受明火的烘烤。非常遗憾的是，尽管曾被山冈士郎批评"没有彻底成为火焰的主人！"我却始终未能进入这个角色，哪怕是在摸索了整整 3 年之后。

只不过，"光是磨磨叽叽地在锅里瞎鼓捣，是做不出真正美味的炒饭的！"面对山冈士郎这样的骂声，如今的我已经可以挺起胸膛说："虽然只是磨磨叽叽地瞎鼓捣，我真的做出粒粒分明的炒饭了哦！"

没错，为了摘掉"废柴"这顶帽子而开始的制作炒饭之路，最后我却是好好地顶着它完成了粒粒分明的炒饭。这件事反倒是让我感到无比自豪。

图书在版编目（CIP）数据

炒饭物语 /（日）土屋敦著；丁楠译 . —杭州：浙江大学出
版社，2021.12
ISBN 978-7-308-21921-1

I.①炒… II.①土… ②丁… III.①散文集—日本
—现代 IV.①I313.65

中国版本图书馆 CIP 数据核字（2021）第 219347 号

炒饭物语

［日］土屋敦 著 丁楠 译

责任编辑	周红聪
文字编辑	焦巾原
责任校对	汪淑芳
装帧设计	宽 堂
插图创作	焦巾原
出版发行	浙江大学出版社
	（杭州天目山路148号 邮政编码310007）
	（网址：http:// www.zjupress.com）
排 版	北京楠竹文化发展有限公司
印 刷	北京中科印刷有限公司
开 本	880mm×1230mm 1/32
印 张	6.5
字 数	114千
版 印 次	2021年12月第1版 2021年12月第1次印刷
书 号	ISBN 978-7-308-21921-1
定 价	59.00元

浙江大学出版社市场运营中心联系方式：（0571）88925591；http://zjdxcbs.tmall.com